百人一首がよくわかる

橋本治

講談社

百人一首がよくわかる

百人一首について

百人一首は、鎌倉時代にできました。これを選んだのは、当時の貴族で、有名な歌人でもあった藤原定家《ふじわらていか》と言われています。

定家は、鎌倉時代までの百人の和歌の作者と、その作品を一首ずつ選んで、『百人秀歌《しゅうか》』というタイトルをつけました。これが百人一首の原型と言われています。和歌の「オールタイム・ベスト１００」で、時代順に並べました。さらに定家は、百首の和歌を一首ずつ色紙に書きます。宇都宮入道頼綱《うつのみやにゅうどうよりつな》という人の別荘の飾りにするためです。定家は字がへただったのですが、入道がどうしてもと言うので、しかたなしに書きました。その別荘のあった場所が、紅葉の名所として有名な京都の小倉山《おぐらやま》なので、この百枚の色紙を「小倉の色紙」と言います。百人一首は、この色紙から生まれたと言われています。

宇都宮入道は、定家の息子の奥さんの父親で、鎌倉の有力な政治家でした。そういう親戚なので、定家もことわれなかったのでしょう。『百人秀歌』だって、もしかしたら、宇都宮入道に頼まれて選んだのかもしれません。宇都宮入道は、「和歌の勉強をしたいから、お手本になるような作品を選んでくれないか」と言いそうな人でもあるのです。「百人一首はそうしてできた」と考えると、とてもわかりやすくなりますし、親しみやすくなります。百人一首の人気は、いろいろな歌が集められて、「和歌の入門レッスン」になるところにもあるでしょう。

カルタになった百人一首

「歌留多《かるた》」と漢字で書くとそうだとも思えませんが、「カルタ」はポルトガル語です。英語の「カード」と同じです。戦国時代の日本に、鉄砲やキリスト教なんかと一緒に、日本へやってきました。そのカルタが、どうして「小倉の色紙」とドッキングしてしまったのかというと、べつにたいした不思議もありません。ポルトガル人がやってこなくても、日本人は昔から、それに近い遊び方をしていたからです。

五・七・五・七・七の和歌は、「五・七・五」の上《かみ》の句と、「七・七」の下《しも》の句にわかれています。上の句を「本《もと》」、下の句を「末《すえ》」といって、有名な和歌の上の句（本）を言って、その「末」を当てさせる遊びは、平安時代からありました。

印刷技術のない昔に「本を読む」ということは、たいへんなことでした。人に借りて読んで、書き写すとまでしました。和歌の場合には、「覚える」ということも必要です。そして、効果的に覚える方法は昔から決まっていて、「遊びにしてしまう」なのです。「上の句を言って下の句を当てる」もそれで、たとえば、貝がらの内側に和歌の上の句と下の句を別々に書いて、それをいくつも伏せて並べておけば、トランプの神経衰弱と同じ遊びになります。昔の人は、これを「貝合わせ」と言いました。そういう伝統があります。百人一首がさっさと「カードゲーム」になっても、不思議ではなかったのです。

百人一首の現代語訳

『百人一首がよくわかる』は、藤原定家《ふじわらていか》が選んだとされる百人一首を、そのまま和歌の形で現代語に訳してしまったものです。たとえば、天智《てんじ》天皇の「秋の田のかりほの庵《いほ》の苫《とま》をあらみ　わが衣手《ころもで》は露にぬれつつ」は、「秋の田の刈り入れ小屋はぼろぼろで　わたしの袖は濡れっぱなしさ」になります。

「なんだこれは?」と言いたくなる人もいるかもしれません。でも、「かりほの庵」は「仮設の刈り入れ小屋」で、「苫をあらみ」は、その小屋を覆う草の屋根が粗《あら》くて「穴だらけ」なのです。つまりは、「刈り入れ小屋はぼろぼろ」です。だから、「稲刈りのためそこにいる私の袖は濡れっぱなし」になるのです。

知らないでいると、この天智天皇の歌は、とても上品そうです。でも、そのまま訳してしまうと、意味が見えすぎて、「なんだそりゃ?」と言いたくなるようなものになってしまいます。だから、「百人一首なんかべつにどうってことない」と言うこともできます。「そんな訳は、百人一首に対する冒瀆《ぼうとく》だ」と言うこともできます。でも、それを言う前に、元の歌を見てください。たいした内容の歌でもないのに、昔の言葉にすると、とても深い内容で、美しいイメージがあるように見えるのです。大切なのは、そのことです。どんなことでも、言い方によっては、美しくなるし、深くなるのです。現代語訳は、そんな古典の言葉の美しさを知るための、参考だと思ってください。

百人一首の遊び方

ふつうのカルタは、字の書いてある札を読んで、絵の描いてある札を取ります。でも、百人一首は逆です。絵の描いてあるのが「読み札」で、ひらがなの字だけ書いてあるのが「取り札」です。そこには、和歌の下の句だけが書いてあります。二人で対戦する競技の場合は、百枚のうち五十枚の札だけを使ってこれを二つに分けますが、そうでない場合、百枚の取り札をバーッと広げて、一人の読み手が「読み札」にある和歌を読み、何人もの人間で下の句の書いてある「取り札」を探し、取りっこをします。百人一首のカルタ競技は、その早さを競って、取った札の数の多さで、勝者を決めます。だから、この競技で勝つためには、まず百首の歌を覚えてしまうことです。そうすれば、読み手が和歌を読み終わる前に、その歌の下の句の書いてある「取り札」をさっさと探すことができます。つまり、百人一首のカルタ会をやると、記憶力に競争原理が導入できて、和歌に慣れる。そして、いつの間にか、古典に対するプレッシャーがなくなってしまうのです。

百人一首がよくわかる【目次】

【初句索引】

〈あ〉

〈い〉

〈う〉

〈を〉

【現代語訳＊初句索引】

〈あ〉

〈い〉

百人一首

一

天智天皇《てんじてんのう》

秋《あき》の田《た》の　かりほの庵《いほ》の　苫《とま》をあらみ
わが衣手《ころもで》は　露《つゆ》にぬれつつ

現代語訳

秋の田の　刈《か》り入れ小屋は　ぼろぼろで
わたしの袖《そで》は　濡《ぬ》れっぱなしさ

天智天皇は、大化の改新で有名な中大兄皇子《なかのおおえのおうじ》です。蘇我入鹿《そがのいるか》を襲撃したのは十九歳の時ですが、いろいろ複雑な事情があったらしく、天皇として即位したのは、それから二十年以上後です。天智天皇が死ぬと壬申《じんしん》の乱が起こって、天智天皇の息子の大友皇子《おおとものおうじ》と、弟の天武《てんむ》天皇が争います。結果は天武天皇が勝って、奈良時代の終わりまで天武天皇の子孫が天皇になるのですが、その系統が絶えて、再び天智天皇の孫が天皇になります。それが、平安京を造った桓武《かんむ》天皇のお父さんで、そのため天智天皇は、「平安時代の天皇の先祖」という扱いを受けます。百人一首の最初が天智天皇になるのは、そういうわけです。

それにしても、この歌を見ると、「大昔の天皇はぼろぼろの小屋に寝泊まりして稲刈りをしてたのか?」という気にもなりますが、実際は「天智天皇作?」です。「昔の天皇はこういう苦しい労働を体験していてくれたんだ」という願望があって、それでこの和歌は、「天智天皇作」になったみたいです。

二

持統天皇《じとうてんのう》

春《はる》すぎて　夏来《なつき》にけらし　白妙《しろたへ》の
衣《ころも》ほすてふ　天《あま》のかぐ山《やま》

現代語訳

春すぎて　夏来たみたい　真っ白な
衣干《ころもほ》すのね　天《あま》のかぐ山

百人一首は、どうも「二人ずつのペアが五十組ある」という、そんな仕組みらしいです。というわけで、天智天皇は、女性の持統天皇とペアになります。持統天皇は、天智天皇の娘で、天武天皇の皇后です。昔にはよくありましたが、叔父さんと結婚したのです。夫の天武天皇が死んで、その皇后は「持統天皇」になります。つまり、その後の奈良時代の天皇は、持統天皇の子孫でもあるということです。その点で、天智天皇とペアになるのにはふさわしい天皇なのです。

持統天皇は「偉大なる母《グランド・マザー》」と言うべき天皇で、性格もかなり大胆です。「天のかぐ山に白い衣が干してあるから、夏は来たらしい」というこの歌も、「私が天のかぐ山に白い衣が干してあると聞いたのだから、夏が来たと言ってもいい」という意味にとると、「夏が来たことを、私は宣言します!」という歌になります。かなり力強い歌です。ちなみに、「衣ほすてふ」は、「衣ほすちょう」と発音します。「衣を干すという」の意味です。

三

柿本人麿《かきのもとのひとまろ》

あしひきの　山鳥《やまどり》の尾《を》の　しだり尾《を》の
ながながし夜《よ》を　ひとりかも寝《ね》む

現代語訳

あしびきの　山鳥の尾の　だらだらと
ながながし夜《よ》を　ひとり寝るのかあ

もしかしたらこれは、日本で一番有名な和歌です。「あしひきの」または「あしびきの」は、「山」にかかる枕詞《まくらことば》です。その後の「山鳥の尾のしだり尾の」も、「長い」と言うためだけの序詞です。山鳥はキジの一種で、尾羽が長いのです。それだけのことで、この和歌の前半に意味はありません。「長い夜を一人で寝るのである」というだけの和歌です。この和歌の有名さは、「和歌だってべつにむずかしくなんかない」という、その内容のなさによるのです。そう思って、「じゃ、なんだってこんなにだらだらと意味がないことを続けるんだろう?」と考えてください。それが、この和歌の大切さです。

夜が来ます。あなたには恋人がいなくて、他にすることもなくて、夜はただ長いのです。一人で寝る前に、「ああ、夜は長いんだよなー」と思いませんか? これはそういう和歌なんです。意味がないけど長い——それが、つまんない夜の「長さ」なんです。ちゃんと、そのことが表現されているでしょう?

四

山部赤人《やまべのあかひと》

田子《たご》の浦《うら》に　うち出《い》でてみれば　白妙《しろたへ》の
富士《ふじ》の高嶺《たかね》に　雪《ゆき》は降《ふ》りつつ

現代語訳

田子の浦に　ちょっと出て見りゃ　真っ白な
富士の高嶺《たかね》に　雪は降ってる

山部赤人は、柿本人麿とならぶ有名な『万葉集』の歌人です。三人目と四人目は、そんな「万葉ペア」ですが、もう一つ、「山の和歌のペア」という意味もあるかもしれません。柿本人麿の和歌が「山」という言葉をかなり無意味に使っているのに対して、こちらは、山の代表である富士山の姿を、ストレートかつダイナミックに詠んでいるからです。

「田子の浦にうち出でて」の「うち」は、「出る」ということを強調しています。「富士山がよく見える田子の浦に行ってみようと思ってやって来たんだ」という感じです。「雪は降りつつ」の「つつ」は、天智天皇の和歌にもありましたが、「そのことが継続している」という意味です。「露にぬれつつ」なら「濡れっぱなし」、「雪は降りつつ」なら「降りっぱなし」です。でも、遠い田子の浦から富士山頂の雪の降り方なんかわかりません。そこを、「自分は富士山を見ている!」と感動した山部赤人は、「見えてるぞ!」と、「つつ」で強調したんです。

五

猿《さる》丸《まる》大《だ》夫《ゆう》

奥山《おくやま》に　もみぢ踏《ふ》みわけ　鳴《な》く鹿《しか》の
声聞《こゑき》くときぞ　秋《あき》はかなしき

現代語訳

奥山で　黄葉《もみじ》を踏んで　鳴く鹿の
声聞いちゃうと　秋は悲しい

猿丸大夫は、おそらく実在しない人です。『万葉集』の時代から平安時代の初めまでの、すぐれた「詠み人知らず」の歌をひとまとめにして、「猿丸大夫という人の作」という風に考えてしまったらしいです。猿丸大夫とは、つまり「無名の人達の声」というようなものでしょう。

この歌は、「私が紅葉を踏み分けて山に入ったら、鹿が鳴いているのが聞こえた」とも、「色づいた葉を踏み分けて鳴いている山奥の鹿の声が聞こえた」とも、どっちの意味にもとれます。「鹿が踏み分ける」なら、「高い枝の紅葉」ではなくて、「枝のしなる萩《はぎ》の黄色い黄葉《もみじ》」でしょう。どっちでもいいと言えばどっちでもよくて、重要なのは「鹿の声」です。秋になって鹿が鳴くのは、昔の人にとって「妻を求める牡鹿の寂しさ」でした。時は秋、山はきれいに色づいています。でも空気は澄んで冷たくて、そこに鹿の声が聞こえます。「ああ、あいつも独りで寂しいか」と思うからこそ、秋は悲しいのです。

六

中《ちゅう》納《な》言《ごん》家《やか》持《もち》

かささぎの　渡《わた》せる橋《はし》に　置《お》く霜《しも》の
白《しろ》きをみれば　夜《よ》ぞふけにける

現代語訳

カササギの　架《か》けた銀河に　きらきらと
霜《しも》が光れば　今は真夜中

中納言家持は、『万葉集』の有力な編者《へんじゃ》、大伴家持《おおとものやかもち》です。伝説の歌人猿丸大夫と、ミスター『万葉集』のペアです。

「かささぎの渡せる橋」というのは、天の川に架《か》けられた橋です。一年に一度、七夕《たなばた》の夜に牽牛《けんぎゅう》と織女《しょくじょ》が天の川を越えて会うのは、その日に鳥のカササギが橋を架けるからだと思われていました。つまり、この和歌を詠んだ大伴家持は、夜中に空を見上げているのです。おそらくは、「どこにカササギの架けた橋があるかな?」と思っているのではありません。この「かささぎの渡せる橋」は、大空に浮かぶ銀河そのものだと思ってもいいでしょう。夜の庭には、白い霜が一面に光っています。空を見上げれば、一面の星の中に浮かぶ天の川です。その星のきらめきが、まるで霜のように光って見えます。「星に霜が下りる」なんてことはありえないのに、大伴家持はそう解釈してしまったのです。しんとした夜更《よふ》け、天にも地にもきらめく光――そんな静かな冬の夜の景色です。

七

安《あ》倍《べの》仲《なか》麿《まろ》

天《あま》の原《はら》　ふりさけ見《み》れば　春日《かすが》なる
三笠《みかさ》の山《やま》に　出《い》でし月《つき》かも

現代語訳

大空を　あおいで見れば　春日《かすが》の地
三笠《みかさ》の山に　出た月がある

大伴家持の「銀河の歌」に続くのは、安倍仲麿の「月の歌」です。和歌にはいろいろな楽しみ方があって、左右にわかれた人が歌の優劣を競う「歌合わせ」というコンペティションがあるのと同時に、いろいろな人の和歌を並べて、移り変わるイメージを楽しむやり方もあります。百人一首は「歌合わせ」形式を持つのと同時に、並べられた歌の変化を楽しむ、連想ゲーム的な性格もありますが、六→七の展開はそれでしょう。

安倍仲麿は大伴家持と同時代の人で、遣唐使《けんとうし》として中国に渡りましたが、帰りの船が難破して中国に逆戻りしたまま、一生を中国で終えました。その人が、故郷の日本を思って詠んだ歌です。

月は東から出ます。中国の東は日本です。聖徳太子《しょうとくたいし》の昔から、日本は「日出《ひいず》る処《ところ》」で、「月出る処」です。三笠山は奈良の都の東にあって、月はそこから昇ります——「その昔はそう思っていたなァ」と思って、遠い中国から、日本の三笠山を眺めるのです。

八

喜《き》撰《せん》法《ほう》師《し》

わが庵《いほ》は　都《みやこ》のたつみ　しかぞ住《す》む
世《よ》をうぢ山《やま》と　人《ひと》はいふなり

現代語訳

俺の家　都《みやこ》の東《とう》南《なん》　住んでます
名前はしかし　ウジ山だってさ

安倍仲麿とペアになるのは、これまた経歴不明の喜撰法師です。安倍仲麿は中国にいて、喜撰法師は「都の東南《たつみ》の宇治山《うじやま》」に住んでいた――つまりは、「住まいに関する歌合わせ」かもしれませんが、この歌は、だじゃれみたいな歌です。

「辰《たつ》・巳《み》・鹿《しか》」と、動物が続きます。でも、「しかぞ住む」は「鹿が住む」じゃありません。「然《しか》ぞ住む」で、「こんな風に住んでいる」です。「どんな風に？」と聞いても、「ちゃんと住んでんだよ」以外に喜撰法師は答えてくれません。どうしてそんなことわかるのかというと、最後に笑っているからです――「でも人は、世を憂《う》れうる〝憂《う》じ山〟だと言うけどな」と。

笑ってますよね？　では、こういう歌が、どうして安倍仲麿の「望郷の歌」とペアになるんでしょう？　実は、安倍仲麿が「三笠の山に」と詠んだのは、「今度こそ帰れるぞ」と思う、中国での帰国パーティーの夜だったんです。結局だめだったけど、その夜は安倍仲麿だって笑ってたでしょう。

九

小《お》野《のの》小《こ》町《まち》

花《はな》の色《いろ》は　うつりにけりな　いたづらに
我《わ》が身《み》世《よ》にふる　ながめせしまに

現代語訳

花の色は　変《か》わっちゃったわ　だらだらと
ひとりでぼんやり　してるあいだに

喜撰法師は経歴不詳のよくわからない人のくせに、「六歌仙《ろっかせん》」と呼ばれる和歌の名人の一人に選ばれています。「歌の仙人」だから、よくわからない人のほうがいいのかもしれませんが、絶世の美女として知られる小野小町も、その「六歌仙」の一人です。いかにも「美人の歌」ですね。

平安時代に「花」と言えば、「桜」のことです。「色」は、カラーではなく「様子」です。無意味《いたづら》に降る長雨《ながめ》のせいで、満開の桜はかなり散ったんです。もちろん、この「花」は小野小町自身のことでもあります。「我が身世にふるながめせしまに」は、「私が長い間ぼんやりしてるうちに」です。「世にふる」は、「世に経《ふ》る――この世で生きる」で、「ながめ」は、「判断停止状態になってじっとなにかを眺《なが》めている」――つまり「物思いにふける」です。「桜は長雨で散った。それとおなじで、私も老けた――美人であるのをいいことに、ぼんやりしている間に」と。「美人の歌」としか言いようのない作品です。

一〇

蟬丸《せみまる》

これやこの　行《ゆ》くも帰《かへ》るも　別《わか》れては
知《し》るも知《し》らぬも　逢坂《あふさか》の関《せき》

現代語訳

これかいな　行くやつ帰るの　別れるやつ
知るのも知らぬも逢《あ》う　坂の関

絶世の美人とペアになる蝉丸は、実在さえも疑われる伝説の人物です。なんとも皮肉な組み合わせかもしれません。「これやこの」は、「これが？　あ、そう」という意味です。「これが、有名な逢坂《おうさか》の関なのか」という歌ですね。

「逢坂の関」は、滋賀県の逢坂山にあった関所で、都から東へ旅する人はここを通ります。名前に「逢《あ》う」とあることから、人との出会いや別れの意味で、和歌にはよく詠まれます。「ここには、旅に出る人も、旅から戻る人も、見送りに来て帰って行く人もいる。知ってる人も知らない人も、ここで逢うから逢坂の関なんだ」です。まるで、大海原《おおうなばら》を多くの船が行き来するのを、高い山頂から眺めてるみたいな歌です。こういう歌は、歌のまんま味わうべきで、訳してもしょうがないかもしれません。和歌は、「歌」なんです。歌舞伎の『勧進帳《かんじんちょう》』では、冒頭でこの和歌を、そのまんま三味線の曲に合わせて歌います。それを聞くと、「ああ、歌だなァ」と思いますよ。

一一

参議篁《さんぎたかむら》

わたの原《はら》　八十島《やそしま》かけて　こぎ出《い》でぬと
人《ひと》には告《つ》げよ　海人《あま》のつり舟《ぶね》

現代語訳

海原《うなばら》を　島々めざして　出てったと
伝えてくれよ　海人《あま》の釣《つ》り舟

参議《さんぎ》は、大臣《だいじん》、大納言《だいなごん》、中納言《ちゅうなごん》と続く、その下のポストです。そのポストについていたこの人は小野篁《おののたかむら》と言います。平安時代の初めの人ですが、嵯峨《さが》上皇の怒りに触れて、隠岐《おき》の国へ流罪《るざい》にされます。意外かもしれませんが、この和歌は、その流罪にされる時の作品です。都から島根県の隠岐へ流される時、昔はまず、淀川《よどがわ》を下って瀬戸内海に出て、そこから日本海へ向かうという迂回路《うかいろ》をたどりました。「海《わた》の原　八十島かけて　漕《こ》ぎ出でぬ」は、多くの島々が浮かぶ瀬戸内海へ向けて舟が漕ぎ出して行く、その風景です。広い海には、ただ魚を釣る小さな漁船があるだけで、他にはなんにもない。そんな小舟を見ながら、小野篁はひとりごとのようにつぶやくわけです。

「もしも、都の誰かに会ったら伝えてくれよ。俺は元気で、まるで島巡りをするみたいに、船に乗って出てったと」――ここでフルートが鳴れば、『ジョニィへの伝言』の島流しヴァージョンになりますが。

一二

僧《そう》正《じょう》遍《へん》昭《じょう》

天《あま》つ風《かぜ》　雲《くも》のかよひ路《ぢ》　ふきとぢよ
乙《を》女《とめ》の姿《すがた》　しばしとどめむ

現代語訳

空の風　雲の行く道　とめちゃいな
天《あま》津《つ》乙《おと》女《め》を　もっと見てたい

大空の下を行く船の歌とペアになるのは、やっぱり「大空の歌」ですが、このままだとなんだかよくわかりません。

この歌の「乙女」には、「天津乙女《あまつおとめ》」の別名があります。「天の乙女」です。宮中では、冬に「五節《ごせち》」という行事があって、彼女達はそこで舞を演じます。その舞には、「昔、天女が舞い下りて教えてくれた」という言い伝えがあるので、「天津乙女」と言うのです。つまりこの和歌は、舞を終わって退場して行く五節の舞姫達に向かって、「もうちょっと見てたいから行かないでくれ」と頼んでいる和歌なのです。彼女達が「天津乙女」だから、「天の風よ、吹いて雲の行く道をふさいでくれ」と表現しているのです。べつに、青空の下で花を摘《つ》む乙女達に「ちょっと待って!」と言っている歌ではありません。五節の舞は、真夜中にやるものです。僧正遍昭は「六歌仙」の一人ですが、この歌は出家する以前、彼が良岑宗貞《よしみねのむねさだ》と名乗っていた頃の作品ですから、どうぞご心配なく。

十三

陽成院《ようぜいいん》

筑波嶺《つくばね》の　みねより落《お》つる　みなの川《がは》
恋《こひ》ぞつもりて　淵《ふち》となりぬる

現代語訳

筑波嶺《つくばね》の　峰《みね》から落ちる　女男川《みなのがわ》
恋は積もって　淵《ふち》になります

陽成院は、平安時代の初め頃の陽成天皇です。天皇のまま死ぬと「なんとか天皇」ですが、天皇の位を下りてその後で死ぬと、「なんとか院」という呼び方をします。

「筑波山を源流とする〃みなの川〃があります。恋しいと思う心が積もると、深い川の淵のようになります」という和歌です。なんとなくわからないわけでもありませんが、しかし、「なんでここに筑波山が出て来るの?」になると、よくわかりません。

実は、茨城県の筑波山(筑波嶺)は、『万葉集』の昔には、男女が出会う「歌垣《うたがき》」というイベントが開催されたことで有名なんです。まだ若かった陽成天皇はそれを知っていて、「筑波嶺=いいなァ、うらやましいなァ」と思ったんですね。「みんな出会って恋してるのに、僕はじっと我慢してるだけだ。僕の気持ちをわかってくださいよ」というつもりで、この歌を詠んだのだと思われます。この歌は、恋しいと思う女性に贈った、陽成天皇のプロポーズの歌なんです。

一四

河原左大臣《かわらのさだいじん》

陸奥《みちのく》の　しのぶもぢずり　誰《たれ》ゆゑに
乱《みだ》れそめにし　我《われ》ならなくに

現代語訳

東北《とうほく》の　しのぶ摺《ず》りだよ　誰《だれ》のせい
乱れ模様《もよう》は　僕からじゃない

陽成天皇の「筑波山の歌」とペアになるのは、「福島県の歌」です。作者の河原左大臣は、嵯峨天皇の皇子で、河原院《かわらのいん》という広くて豪勢な別荘を持っていたことで有名な左大臣、源融《みなもとのとおる》です。「光源氏《ひかるげんじ》のモデルは彼じゃないか」と言う人もいます。

「陸奥《みちのく》の信夫郡《しのぶごおり》」というのは、今では福島県に属しますが、ここには特産品で「捩《も》じ摺《ず》り」とか「信夫捩《しのぶも》じ摺《ず》り」あるいは「忍ぶ捩じ摺り」という染織品がありました。「捩じる」というのは「ひねる」ということで、この染め模様は少しパンクだったんですね。だからこれを「乱れ染め」とも言います。「そういうものがあったんだ」と思いましょう。そういう言葉を持ち出して、「乱れ初《そ》めたのは僕のせいじゃない」と言ってるんですね。「あなたがいたから僕の心は騒ぐ。あなたのせいです」という、ちょっと押しつけがましい求愛の歌です。歌の前半部分は、「乱れそめにし」を言い出すための序詞みたいなもんだと思っても、べつにかまわないでしょう。

一五

光孝天皇《こうこうてんのう》

君《きみ》がため　春《はる》の野《の》に出《い》でて　若菜《わかな》つむ
わが衣手《ころもで》に　雪《ゆき》は降《ふ》りつつ

現代語訳

君のため　春の野に出て　若菜《わかな》摘《つ》む
わたしの袖《そで》に　雪はたっぷり

光孝天皇は、陽成天皇の次の天皇です。即位したのは五十歳をすぎてからですが、この和歌は若い時の作品です。

王朝の人達は、春になると野に出て若菜摘みをしました。雪が降ってもおかしくない、春とは名ばかりの早春の頃の行事です。「春の最初の若草を摘んで食べたい」ということでしょうか。昔は、冬にあんまり葉物の野菜がなかったから、格別だったんでしょう。若い頃の光孝天皇も、早春の野に出て若菜を摘みました。人に贈るためですが、その相手は女性ではありません。お中元とかお歳暮とか、そんな感覚でしょう。摘んだ若菜を贈るのと一緒に、この歌を添えました。つまりこれは、手紙と同じ「挨拶《あいさつ》の歌」です。「春になりましたが、お元気ですか」みたいな感じです。だからこの歌には、特別なところがありません。そのまんまの自然体の和歌ですから、「わが衣手に雪は降りつつ」も、「ずんずん積もってやまない」ではなくて、「いやー、積もっちゃいましたよ」という感じでしょう。

一六

中納言行平《ちゅうなごんゆきひら》

立《た》ち別《わか》れ　いなばの山《やま》の　峰《みね》に生《お》ふる
まつとし聞《き》かば　いま帰《かへ》りこむ

現代語訳

行きますが　因幡《いなば》の山の　峰《みね》の松
待《ま》つと聞いたら　すぐ帰りましょう

光孝天皇の和歌とペアになるこの和歌も、「挨拶の歌」です。これは、「転任の挨拶をする別れの歌」です。

中納言行平は、この次に登場する在原業平《ありわらのなりひら》のお兄さんです。この人は、因幡《いなば》の国（鳥取県）の長官――国守《くにのかみ》になるために、都を出て行きます。その時に、友人か奥さんに贈ったのがこの和歌です。当時は別居結婚がふつうですから、奥さんに「行ってくるよ」の手紙を贈るのも、珍しくはなかったのです。

「転勤の挨拶」ですから、べつに凝《こ》ったところもありません。「いなばの山の峰に生ふる松」も特別なものではなくて、ただ、「あなたが待っていると聞いたらすぐに帰りたいものです」ということを言い出すための「待つ＝松」です。松の木なら、日本中の山のどこにでも生えていそうで、転勤先が「信濃《しなの》」なら、「立ち別れしなのの山の」にも代えられます。ただ、「いなば」の中には、「往《い》なば」の意味も隠れていて、「因幡の国に行って来ます」の意味にもなるところが、オシャレです。

十七

在《あり》原《わらの》業《なり》平《ひら》朝《あ》臣《そん》

ちはやぶる　神代《かみよ》もきかず　竜田川《たつたがは》
からくれなゐに　水《みづ》くくるとは

現代語訳

ミラクルな　神代《かみよ》にもない　竜田川《たつたがわ》
こんな真っ赤に　水を染めるか！

在原行平の弟の業平は、美男で有名な人です。恋のロマンスも多くて、『伊勢《いせ》物語』の主人公でもあります。この人が、紅葉の名所である奈良県の竜田川に行った──あるいは、「行った」というつもりになって詠んだ歌です。竜田川の秋景色を描いた屏風《びょうぶ》の絵を見ての和歌らしいです。竜田川は一面の紅葉で、それを、「水を真っ赤に染めている（くくる）」と表現したんですね。かなり、オーバーな歌です。

「ちはやぶる」は「神」にかかる枕詞ですが、「川の水を染めるなどというスーパーナチュラルな話は、神代の話としても聞いたことはない」と言っています。しかも、「唐紅《からくれない》」は、「高級な中国からの輸入品の最上級の赤」です。「ちはやぶる」と「からくれない」がマッチして、「ここの紅葉は本当にすごいぞ」になっているわけです。表現はオーバーにしてもいい──それが似合うなら、ということですが、どうも、「美男じゃなけりゃ詠めない歌」です。

一八

藤原敏行朝臣《ふじわらのとしゆきあそん》

住《すみ》の江《え》の　岸《きし》による波《なみ》　よるさへや
夢《ゆめ》のかよひ路《ぢ》　人目《ひとめ》よくらむ

現代語訳

住《すみ》の江《え》の　岸に寄る波　夜《よる》の中
夢の中でも　僕を避《さ》けるの？

在原業平と「朝臣《あそん》」同士のペアを組むのは、藤原敏行です。「朝臣」というのは、「朝廷に所属する臣下」ということで、大昔には、その臣下の中でも「ある特別な身分の人」に限って使われていましたが、その内に英語の「ミスター」程度の、一般的な貴族の敬称になってしまいました。藤原敏行は、書の名手として知られて、かなり優雅なセンスの人ですから、同じ「水の歌」でも、竜田川とはずいぶん違います。

「住の江」は、昔は海だった大阪の、住吉の岸辺です。そこにひたひたと波が寄せて来て、その内に、「寄る波」は「夜の波」に変わって、いつの間にか「夢の中」です。好きな人の夢を見たいと思う。でも、なかなかその夢を見ることが出来ない。夢の中に会うための道は開かれているはずなのに、好きな人は、人目を避けて、夢の中でもやって来てくれない。「僕はそんなに嫌われてるんだろうか？」という和歌です。「恨みの歌」ですが、とてもオシャレな恨み方です。

一九

伊《い》勢《せ》

難《なに》波《は》潟《がた》　みじかき葦《あし》の　ふしの間《ま》も
逢《あ》はでこの世《よ》を　すぐしてよとや

現代語訳

難《なに》波《わ》潟《がた》　短《みじか》い葦《あし》の　節《ふし》の間《ま》も
逢《あ》わずにこのまま　いろって言うの？

住の江から、同じ大阪湾のもうちょっと北——淀川の河口にあたる難波潟《なにわがた》に移ります。難波潟は、水辺に葦《あし》が生い茂っていることで有名でした。伊勢という女性は、これを題材にして、冷たくなった男へ恨みの手紙を贈ります。それがこの歌です。

葦はイネ科の植物で、茎に節があります。その節と節の間が短いことから、「節の間《ふしのま》」は「短い間」という意味になりました。「難波潟」を言い出した伊勢は、「ほんのちょっとの間も、逢わなくていいって言うの！」と怒っているのです。「この世（一生）を過ごせ」は少しオーバーな表現ですが、実は「節」には「節《よ》」という読み方もあるので、「節の間って言ったから、ついでに〝この節《よ》〟だ」ということになります。

伊勢は、藤原継蔭《ふじわらのつぐかげ》という人の娘です。当時の女性には名前を呼ばれる習慣がありません。女房になって外へ仕事に出ると名前が必要になります。彼女は、父親が伊勢の地方長官——伊勢守《いせのかみ》だったので、「伊勢」と呼ばれたのです。

二〇

元《もと》良《よし》親《しん》王《のう》

わびぬれば　今《いま》はたおなじ　難《なに》波《は》なる
身をつくしても　逢《あ》はむとぞ思《おも》ふ

現代語訳

悩《なや》んださ　今さらなにも　かまわない
身をつくしても　逢《あ》いたいだけです

元良親王は、陽成天皇の皇子です。伊勢が怒りの和歌を贈った相手ではありませんが、百人一首を選んだ藤原定家は、元良親王の「難波潟の歌」を伊勢とペアにして、男女の恋のやりとりのようにしてしまいました。

葦の名所の難波潟には、「澪標《みおつくし》」という有名なものもあります。「水脈《みお》の串」ということで、船の進路を示すために水中に打った杭《くい》です。淀川から瀬戸内海に向かう進路を示す棒の先が水面に出ていて、それが「身を尽《つ》くし」――「この身を滅ぼしても」という、恋の苦しさを表現するのに使われました。

元良親王の恋の相手は宇多《うだ》上皇の妃《きさき》で、その不倫がばれちゃったから、とんでもないことになった。「わびぬれば」というのは、それです。そして、「今さらおんなじだ」と開き直って、「どうしても逢いたい」と彼女に言った。「逢わなくていいの?」と怒った伊勢は、宇多上皇の妃とは別の后《きさき》に仕えた女房ですが、それぞれの違う恋が、ここで一つになっています。

二一

素性法師《そせいほうし》

いま来《こ》むと　いひしばかりに　長月《ながつき》の
有明《ありあけ》の月《つき》を　待《ま》ち出《い》でつるかな

現代語訳

「今行く」と　言われたおかげで　九月《ながつき》の
有明《ありあけ》の月を　待ちぼうけかな

「どうしても（身を尽くしても）逢いたい」という元良親王の和歌に続くのは、「逢いに行く」と言われたのを信じて、待ちぼうけを喰わされた歌です。「今来るって言うから待ってたけど、もう夜明けじゃないよ」です。作者の素性法師はもちろん女じゃなくて、「乙女の姿しばしとどめむ」の僧正遍昭の息子です。「どういう親子なんだ？」と思うかもしれませんが、これは、恋とは無縁の立場にいる男——素性法師が、「空想で恋の歌を作ってみましょう」と思って作った和歌なんです。だから、自分とは違う「女の立場」で詠んでいます。「遊びの歌」でもあるので、この和歌にはとんでもない解釈もあります。

「九月《ながつき》のある夜の出来事」ではなくて、「ずーっと待ち続けて九月になって、それでもまだ夜明けの月を見ている」です。「長月」は九月のことですが、でも「長月の有明の月」と続けられると、「有明の月が出るまで長かった」という感じがしてしまいますから、そんな解釈もアリになるんです。

二二

文屋康秀《ふんやのやすひで》

吹《ふ》くからに　秋《あき》の草木《くさき》の　しをるれば
むべ山風《やまかぜ》を　あらしといふらむ

現代語訳

吹きだすと　秋の草木が　枯《か》れるから
その山風を　嵐《あらし》と言うのか

「坊さんが女の立場で詠んだ恋の歌」という、大昔の演歌やムードコーラスみたいな和歌とペアになるのは、「ウンチク遊びの歌」です。「秋も終わり近くになると、草や木が枯れてくる。それは、吹く山の風のせいだ。なるほど、〝山〟と〝風〟で〝嵐〟の字になる。嵐は草木も荒らすんだなァ」です。

「だからなに?」と言いたいようなもんですが、これはそういう「言葉遊びの歌」なんです。「和歌にはそういう〝遊び〟もありますよ」ということを教えてくれるのが、おなじ「秋」をテーマにした、素性法師とペアになる、文屋康秀です。文屋康秀は「六歌仙」の一人ですから、この歌を聞いた昔の人は、「なるほど!」と感心したわけです。しかし、よく考えてください。草や木を枯らす風は、冬の「木枯らし」です。文屋康秀は、それと秋の「台風」を混同させてるんです。おそらくは、わざとです。わざと混同させても、人に「なるほど!」と言わせれば勝ち——だから、「遊び」なんです。

二三

大江千里《おおえのちさと》

月《つき》みれば　千々《ちぢ》にものこそ　かなしけれ
わが身《み》ひとつの　秋《あき》にはあらねど

現代語訳

月《つき》見《み》れば　なんだかいろいろ　考えちゃう
みんなのところに　秋は来るけど

和歌は不思議です。「水の歌」だと思っていると「恋の歌」になり、それがまた「遊びの歌」に変わっている。しかも、その「遊びの歌」が、表向きは「秋の歌」になっている。そういう続き方をして、今度は正真正銘《しょうしんしょうめい》の「秋の歌」です。

「かなし」というのは、ただ「悲しい」だけではなくて、「胸に迫ってくる感情」です。だから、「愛《かな》し」と書くと、「すごく可愛い」の意味になります。「千々にものこそかなしけれ」は、「悲しさで心が粉々になってしまう」ではなくて、「いろんなことを感じさせられてしまう」です。「わが身ひとつの秋にはあらねど」は、「私一人のために来た秋ではないのに」です。「誰のところにも秋は来る。しかし私は、月を見ると特別にいろいろ感じてしまう」で、実はこの歌、「私は違うよ」という、インテリの歌なんです。だから私は間違いを承知で、この歌の後半を「ひとりぼっちの秋でもないのに」と訳したくなっちゃうんです。そのほうがせつないでしょ。

二四

菅家《かんけ》

このたびは　幣《ぬさ》もとりあへず　手向山《たむけやま》
もみぢのにしき　神《かみ》のまにまに

現代語訳

このたびは　幣《ぬさ》を忘《わす》れて　手向山《たむけやま》
紅葉《もみじ》の錦《にしき》で　どうかご容赦《ようしゃ》

「月見れば」の歌を「インテリの歌だ」と言ってしまうのは、大江千里とペアになっているのが菅家――つまり菅原道真《すがわらのみちざね》だからです。菅原道真は今でも「学問の神様」として有名ですが、彼は有名な漢文の学者でした。そして、大江千里の大江家も、それに匹敵する漢文学者の一族だったのです。つまり、二三と二四は、「漢文学者の詠んだ秋の歌」というペアなんです。

この和歌の「幣《ぬさ》」は、旅に出る時、途中の安全を祈って神様にささげるものです。いろんな布を細かく切って、カラフルなテンコ盛りにします。手向山《たむけやま》は、その幣をささげられる神様が「いる」とされる山です。菅原道真は、宇多《うだ》上皇の旅のお供で出発したのに、幣を忘れたんです。そして、「ここでささげましょう」という山に来た時、この和歌を詠んだんです。「幣を忘れましたが、辺りは一面の紅葉や黄葉で、天然の幣みたいじゃないですか。これで勘弁して、好きなだけ（まにまに）お取りください」――そういう「秋の歌」なんです。

二五

三条右大臣《さんじょうのうだいじん》

名《な》にし負《お》はば　逢坂山《あふさかやま》の　さねかづら
人《ひと》に知《し》られで　くるよしもがな

現代語訳

いい名だね「逢坂山《おうさかやま》のさねかづら」
それならこっそり　やって来ようか

「手向山」の後には、「山の歌」のペアが続きます。最初は、「逢坂《おうさか》山の歌」です。

三条右大臣の本名は、藤原定方《ふじわらのさだかた》。紫式部の夫になった藤原宣孝《ふじわらののぶたか》の曾祖父ですが、しかし困った右大臣です。「逢坂山のさねかづらという名前を持っているなら」というのが、この和歌の前半です。「だからどうした？」と言いたい人は、いくらでもいるでしょう。この困った右大臣は、「逢坂山」に「逢う」を発見し、「さねかづら」という植物の名前に「寝る」の「ね」を発見したんです。「逢って寝る――いい名だね。だったら、人に知られずあなたのところにやって来る計画を立てなきゃ。なんかいい方法はないの？」という歌です。

この歌を贈られた女性は、逢坂山のそばにでも住んでたんでしょうか？　この右大臣は、和歌と一緒に「さねかづら」を贈ったんでしょう。「花を贈る時には和歌を添える」が、当時のルールでした。でもこれ、「セクハラの歌」ですね。

二六

貞信公《ていしんこう》

小倉山《をぐらやま》　みねのもみぢ葉《ば》　こころあらば
いまひとたびの　みゆき待《ま》たなむ

現代語訳

小倉山《おぐらやま》　山の紅葉《もみじ》に　わかるなら
次《つぎ》の行幸《みゆき》を　きっと待つでしょ

「逢坂山の歌」とペアになるのは、百人一首とゆかりの深い、京都の「小倉山の歌」です。三条右大臣とペアになる貞信公は、藤原氏摂関家《せっかんけ》の嫡流《ちゃくりゅう》である、関白太政大臣《かんぱくだいじょうだいじん》藤原忠平《ふじわらのただひら》――藤原道長《ふじわらのみちなが》の曾祖父にあたる人です。

「行幸《みゆき》」というのは、天皇のお出かけです。隣の家に行っても「行幸」で、小倉山に紅葉見物に行っても「行幸」です。上皇のお出かけには「御幸《みゆき》」の文字を使います。宇多上皇が小倉山に出かけて、あんまり紅葉が素晴らしいので、「ぜひとも天皇もご覧になるべきだ」と言ったんですね。忠平はその時、天皇のそばにいる侍従《じじゅう》という役割だったんで「そうお伝えしましょう」と言って、この歌を詠んだんです。この時の天皇は、宇多上皇の子の醍醐《だいご》天皇で、忠平が侍従だった時ではなくて、もっと出世して左大臣になった時の話だとも言います。上皇に言われて、「かしこまりました」だけじゃなく、こういう歌を詠んだというのが、平安時代です。

二七

中《ちゅう》納《な》言《ごん》兼《かね》輔《すけ》

みかの原《はら》　わきて流《なが》るる　いづみ川《がは》
いつ見《み》きとてか　恋《こひ》しかるらむ

現代語訳

瓶《みか》の原《はら》　わいて流れる　泉川《いずみがわ》
いつ見てこんなに　恋しいのかなあ

小倉山からずっと南に下って、ここは木津《きづ》川の中流です。そこには「瓶の原《みかのはら》」という場所があって、「泉川」とも呼ばれる木津川は、その中を流れています。「瓶の原を分けて流れる泉川」なんですが、泉というのは水が湧《わ》き出るところだし、瓶《みか》というのは瓶《かめ》のことでもあって、大きな瓶に水を入れて、それが溢《あふ》れ出るイメージもある――「泉川」にはそんなイメージがあって、だからなんなのかと言うと、それは「いつ見た」のシャレになる。「いつ見てあなたがこんなに恋しいのかなァ、恋しい思いが次から次へと湧いて出る」という和歌です。

現代だと、「あなたをいつどこで見た」はかんたんですが、平安時代に男と女が「逢う」ということは、まず起こらない。女は邸《やしき》の中の簾《すだれ》の向こうにいて、顔を見せませんから。つまり、会ったこともないのに「会った」と言う。そんな口説き方は今でもありますが、それは昔からのことみたいです。この中納言藤原兼輔《ふじわらのかねすけ》は、三条右大臣の従兄弟《いとこ》になります。

二八

源《みなもとの》宗于《むねゆき》朝臣《あそん》

山里《やまざと》は　冬《ふゆ》ぞさびしさ　まさりける
人目《ひとめ》も草《くさ》も　かれぬと思《おも》へば

現代語訳

山里《やまざと》は　冬が寂《さび》しさ　強くなる
人も来《こ》ないし　草も枯《か》れるし

瓶の原は都から遠く、山里も都から遠くて、きっと人は恋しいでしょう。「瓶の原の歌」のペアは、「山里の歌」です。

冬になれば、草木も枯れる、雪が降れば、遠い山里にまでやって来る人もいなくなる。「人も来ないし草も枯れるし」なんですが、昔の人には、そんなくどい言い方をする必要がありません。「かれる」には、「枯れる」と「離《か》れる」の両方の意味があったからです。「もうすぐ冬だなァ、寂しいなァ」と思って、ふと考えると、「人も草も〝枯れる〟でおんなじなんだなァ」と思っている。「寂しい」と思いながらも、ちょっと笑っているのかもしれません。この歌が出来た頃には、「山里は秋こそことにわびしけれ　鹿の鳴く音《ね》に目をさましつつ」という歌もあって、それに対して、「いいや違う!」と挑戦状を叩きつけた歌だという話もあります。それで「冬のほうが寂しい」と言いながら、ちょっと笑っているのかもしれません。

源宗于は、光孝天皇の孫にあたる人です。

二九

凡河内躬恒《おおしこうちのみつね》

心《こころ》あてに　折《を》らばや折《を》らむ　初霜《はつしも》の
置《お》きまどはせる　白菊《しらぎく》の花《はな》

現代語訳

てきとーに　折《お》ってもみようか　初霜《はつしも》が
降《お》りて迷《まよ》わす　白菊の花

天智天皇と持統天皇のペアで始まった百人一首は、今どこら辺まで来ているのでしょう？　平安京が出来て百年ちょっとがたった、『古今集』の時代で、凡河内躬恒は、その撰者《せんじゃ》の一人です。でもこの和歌、なんだかよくわかりません。

白菊の花の上にその年最初の霜が降りて、作者は迷っています。それで、「心あてに折らばや折らむ」——「てきとーに折ってもみようか」と決心しますが、この人は、なにを迷っているんでしょう？　白い霜のせいで、他の色の菊も「白菊」に見えるんでしょうか？　それとも、葉っぱと花の区別がつかないんでしょうか？「しおれかけた白菊もきれいに見える」なんでしょうか？　実はこの歌、違うんです。「お（を）」の音を探してみてください。「折らばや折らむ」で「置きまどはせる」でしょう？「お（を）」の音がふらふらさまよってるでしょう？　実はこの歌、初霜のきれいさが嬉しくて、あちこちキョロキョロしていたいという、そんな歌だと思います。

三〇

壬生忠岑《みぶのただみね》

有明《ありあけ》の　つれなく見《み》えし　別《わか》れより
暁《あかつき》ばかり　憂《う》きものはなし

現代語訳

有明《ありあけ》が　つれなく見えた　あの日から
夜明けがいちばん　つらくなったよ

『古今集』は、古今の和歌の名作を集めようという、国家事業です。四人の撰者が和歌を選び出しました。当時の和歌のエリートです。凡河内躬恒とペアになる壬生忠岑も、その一人です。「エリート同士の対決」ですね。

和歌の名手が作った歌には、「どうとでも解釈出来る」という部分があって、そこら辺が和歌の神秘です。夜明けになってもまだ月がある。——有明の月です。その月がつれなく見えたのは、「その夜一緒だった女がつれなかったからだ」という解釈もあります。そうするとこの男は、ずーっとつれない女を恨み続けているということになってしまいます。でも、その正反対にも解釈出来ます。有明の月を「つれない」と思うのは、その夜一緒の女性が好きだからです。「空にはまだ月がある。だったらもう少し一緒にいてもよかったのに」と思うと、別れがつらい。それ以来、夜明けになると、別れたままの彼女が思い出されて、つらくてしようがない。どっちの解釈がいいですか？

三一

坂上是則《さかのうえのこれのり》

朝《あさ》ぼらけ　有明《ありあけ》の月《つき》と　見《み》るまでに
吉野《よしの》の里《さと》に　ふれる白雪《しらゆき》

現代語訳

朝が来て　有明《ありあけ》の月と　見えるほど
吉野《よしの》の里《さと》に　白雪が降《ふ》る

「平安時代の和歌のエリート」と言うと、なんだかとてもすごい人みたいですが、実は、社会的にはたいしたもんじゃありません。「歌人として有名」ということ以外には取り柄がないというようなもんですが、坂上是則も有名な歌人です。

「夜が白々と明けてくる朝ぼらけの頃、外がなんだか明るくて〝有明の月かな〟と思ったら、雪だった」という歌です。「雪と、うすぼんやりした有明の月を間違えるかな?」と思う人もいるかもしれませんが、いいじゃないですか。この歌のよさは、全体に「うっすらと白い清らかな光」が漂っていることですね。「朝ぼらけ」がそうで、「有明の月」もそうです。でも作者はそういうことをはっきり言わなくて、最後に「白雪」と、「白」を持って来る。最後に「雪は白だよ」と言われた途端、それまでの景色に突然パッと白い光がさす。下からじんわりと照らし出す雪の白さが、歌全体に間接照明を与えるみたいだから、この歌の光はとても印象的なんです。

三二

春《はる》道《みちの》列《つら》樹《き》

山川《やまがは》に　風《かぜ》のかけたる　しがらみは
流《なが》れもあへぬ　紅葉《もみぢ》なりけり

現代語訳

谷《たに》川《がわ》に　風が仕《し》掛《か》けた　柵《しがらみ》は
流れに負けない　紅《も》葉《みじ》だったよ

坂上是則とペアになる春道列樹も、まァ有名な歌人ですね。可哀想に。名前はすごくきれいですけど、「春道」なんていう姓の人は他に聞いたことがありません。平安時代に藤原氏以外の人は、だいたい「パッとしない人」です。坂上是則も春道列樹も、名前だけでしょ。ポストもなければ「朝臣」もついていない。そんな「ヒラの歌人」です。坂上是則の歌は「月と錯覚させる雪」ですが、こちらも「錯覚させる紅葉」の歌です。

　春道列樹は、京都と滋賀県の間の山越えの道を通っていました。山の中の川に、紅葉が一面に広がっている——それを見て、「これは、川の水を堰《せき》止めるために風の仕掛けた柵《しがらみ》かな」と思った。そう思ってよく見たら、「流れに負けず川面《かわも》に広がる紅葉」だと気がついた。「からくれなゐに水くくるとは」の在原業平に比べればおとなしい発想ですが、川の紅葉を「風が仕掛けたもの」と見るところが、いかにも可愛いです。「朝臣」がつく人とつかない人の差かもしれません。

三三

紀《き》友《とも》則《のり》

ひさかたの　光《ひかり》のどけき　春《はる》の日《ひ》に
しづ心《こころ》なく　花《はな》の散《ち》るらむ

現代語訳

ひさかたの　光しずかな　春の日に
落《お》ち着《つ》かなくて　花は散るのさ

紀友則は紀貫之《きのつらゆき》の従兄弟で、『古今集』の撰者の一人です。「和歌のエリート」ですが、肩書きなしで、ただ「紀友則」です。でも、こんないい歌を後の世まで残せたんだから、へんな出世をするより幸せかもしれません。

「ひさかたの」は、「天」とか「太陽」とか「月」とか「雲」とか「光」とか、空に関係するものにかかる枕詞です。「意味はない」ということになっていますが、これがあるとないとでは、かなり違いますね。ただの「光のどけき」より、「ひさかたの光のどけき」のほうが、春の日のおだやかな幸福感がよく伝わってきます。春の日は穏やかで、幸福そのもの、そこに、満開の桜が散って行く。一度散りはじめた桜は、休むことなく、ずっと散り続ける。それを「落ち着かないな!」と思って怒っているのではない。桜が散るのに合わせて、いちいち騒ぎまくる人もいないでしょう。「花は落ち着かないな」と思う人は、その分、落ち着いている。そのギャップが、人生です。

三四

藤《ふじ》原《わらの》興《おき》風《かぜ》

誰《たれ》をかも　知《し》る人《ひと》にせむ　高砂《たかさご》の
松《まつ》も昔《むかし》の　友《とも》ならなくに

現代語訳

いま誰《だれ》と　話《はなし》合《あ》えるの　高砂《たかさご》の
松さえ昔の　友だちじゃない

もちろん藤原氏にだって、「肩書きのない一流歌人」はいます。藤原興風がどういう人だったかを知るには、彼の和歌を読むしかありません。紀友則とペアになる「松の歌」です。

紀友則の歌にあるのは、「人の心と無関係に存在する桜」ですが、藤原興風の松も、やはりおなじです。あちらが「のどかな光のさす春の桜」なら、こちらは、「人生の冬に残った緑の松」です。和歌の主人公は老人で、昔からの友達はみんな死んでしまって、知り合いはいません。誰か友達がほしいんですが、知っている人はいないんです。いるとすれば、それは長寿の象徴として有名な、兵庫県の海辺にある「高砂の松」くらいだと思うのですが、そこで生まれ育ったわけでもない主人公は、「べつに昔からの知り合いじゃないしな」と思うのです。「そんなに長生きするつもりもなかったのに」と思う主人公その人が、実は、すべての木が葉を落としてしまった人生の冬に、独り緑の葉を茂らせて残る、「松」なのです。

三五

紀《き》貫《つら》之《ゆき》

人《ひと》はいさ　心《こころ》も知《し》らず　ふるさとは
花《はな》ぞ昔《むかし》の　香《か》ににほひける

現代語訳

人はどう？　わからないけど　この場所で
花は変《か》わらず　匂《にお》ってるよな

「高砂の松の歌」を読んで、「植物というものは、人の心とは無縁に存在しているものだが、そうまでネガティヴに考えなくてもいいじゃないか」と思った人のためにあるのかもしれないのが、紀貫之のこの歌です。「人はどうか知らないが、ふるさとの花は昔のままだ」と言っています。「ふるさとのやさしさを伝える歌」だと思われていて、それでもいいんですが、実際はちょっと違います。

この「ふるさと」は、「古いなじみの家」です。奈良の長谷寺《はせでら》のそばに、紀貫之が参詣の時に泊まらせてもらう家があったんです。ひさしぶりにそこへ行ったら、女主人が「お宿はちゃんとありますのにねェ」と、ずっと来なかった貫之にいやみを言ったんです。バーのママみたいです。それで貫之は、庭に咲いていた梅の枝を折って、この歌を詠んだんです。つまり、「お前のほうこそ、俺をほんとに待ってたのかよ?」です。そういう「色っぽい歌」だと思うと、ちょっとショックでしょ。

三六

清原深養父《きよはらのふかやぶ》

夏《なつ》の夜《よ》は　まだ宵《よひ》ながら　明《あ》けぬるを
雲《くも》のいづこに　月《つき》やどるらむ

現代語訳

夏の夜《よ》は　まだ宵《よい》なのに　明けちゃった
雲のどっかに　月はあるだろ

紀貫之は『古今集』の撰者であると同時に、『古今集』に仮名《かな》の序文を書いた人です。言ってみれば「ミスター古今集」です。それとペアになる清原深養父は、清少納言《せいしょうなごん》の曾祖父です。どうして清原深養父のこの歌が、紀貫之の「ふるさとの歌」とペアになるのかは、よくわかりません。「春と夏の対照」で、「清原深養父は紀貫之に匹敵するようなすぐれた歌人だ」と、藤原定家は言っているのかもしれません。

ある夏の晩、清原深養父は、「いい月だなァ」と思って、夜明かしをしちゃったんです。この「夏」は、夏至《げし》の頃です。夜は短くて、宵の内に「なかなか月は出ないなァ」と思って待っていて、出たと思ったら、夜明けが近づいちゃったんです。それで、「まだ宵の口だから、月はどっかにあるだろうな」と思って、雲の多い明け方の空を見てたんです。なんだかとぼけたおじさんです。紀貫之の歌とペアになっているのは、どっちも「とぼけたおじさんの歌」だからかもしれません。

三七

文屋朝康《ふんやのあさやす》

白露《しらつゆ》に　風《かぜ》の吹《ふ》きしく　秋《あき》の野《の》は
つらぬきとめぬ　玉《たま》ぞ散《ち》りける

現代語訳

白露《しらつゆ》に　風が吹いてる　秋の野は
パッと飛《と》び散《ち》る　首飾《くびかざ》りだよ

文屋朝康は、「吹くからに秋の草木のしをるれば」の作者、文屋康秀の息子です。お父さんは「ウンチクの人」でしたが、息子の詠んだ「秋風の歌」は、なんとも心やさしくデリケートなものです。

秋には「白露《はくろ》」と呼ばれる日もあるくらいで、秋と「露《つゆ》」とは、切っても切れない仲です。朝早く緑のある庭や外に出て見ると、葉っぱの上には一面に露が下りています。そこに、さっと風が吹くんだと思ってください。それが、この和歌です。

朝露が風に飛び散ります。それを文屋朝康は、「糸でつなぎ留めていない玉がパッと飛び散っているようだ」と言っているのです。ふつう、この飛び散った玉は「真珠」ということになっていますが、私なんかは「小さな水晶の玉のほうがもっとらしくないか？」とも思います。きっと真珠なんでしょうが、でも、ネックレスというものが存在しない昔に、なんだって真珠を糸でつないだんでしょう？　ただ眺めていただけでしょうね。

三八

右近《うこん》

忘《わす》らるる　身《み》をば思《おも》はず　誓《ちか》ひてし
人《ひと》の命《いのち》の　惜《を》しくもあるかな

現代語訳

忘られることも思わず　誓《ちか》ったわ
あなたが無事《ぶじ》で　いるといいわね

「これが文屋朝康の和歌とペアになるのか」と思うとなんとも不思議な気分になる、「右近」と呼ばれた女房の和歌です。彼女は、恋人に飽きられちゃったんですね。そんなことになるとも思わず、以前には「二人の仲が永遠でありますように」なんてことを、神様に願ったんですね。彼女一人で祈ったのか、それとも二人一緒に願《がん》をかけたのかどうかは知りません。でも、彼女がそんなことを神様に頼んだのを、男は知っているはずなんです。だから彼女は言うんです――「人の（あなたの）命は惜しいわね」と。「神様に祈ったことをあなたは破ったんだから、きっと死んじゃうわよ」と、彼女は言ってるんです。

文屋朝康は、秋の白露が風に舞うのを「玉ぞ散りける」と言ってるんですが、女の右近は、「あなた死ぬわよ」と言うんです。「玉が散る」とか「砕ける」というのは、死ぬことの遠回しな表現でもありますが、こんな二つの和歌を「一つのペア」にしてしまうとは、藤原定家はそうとうな意地悪です。

三九

参議等《さんぎひとし》

浅茅生《あさちふ》の　小野《をの》の篠原《しのはら》　しのぶれど
あまりてなどか　人《ひと》の恋《こひ》しき

現代語訳

浅茅生《あさじう》の　小野《おの》の篠原《しのはら》　忍《しの》んでも
おさえきれない　あなたが恋しい

恋する女は大胆ですが、恋する男は純情です。そんな「純情なペア」が続きます。

最初の参議等は、嵯峨天皇の子孫で、皇族から臣下の身分に下った源　等《みなもとのひとし》です。「浅茅《あさじ》」は、「背の低い茅《ちがや》」です。「浅茅生《あさじう》」は、「浅茅が生えている」で、「浅茅生の小野」は、そんな雑草の生えている「名もない原っぱ」です。そこにはまた、小さな竹――篠《しの》も生えているわけですが、「浅茅生の小野の篠原」で一語と考えても大丈夫です。結局それは、「忍ぶ」という言葉を引き出すためだけなんですから。

男は我慢をしている。でも、どこかで篠や茅が風にざわざわ騒ぐような気がして、我慢しきれない。それが「あまりて」です。「我慢しきれない。どうしてだろう。人《あなた》が恋しいよォ」です。純情ですね。平安時代の男の恋歌は、マゾっぽいくらいに、自分をいじめて抑えるんです。それが作法で礼儀みたいなもので、ほんとはどうかわかりません。だから、女のほうは激しくなるんでしょう。

四〇

平兼盛《たいらのかねもり》

しのぶれど　色《いろ》に出《い》でにけり　わが恋《こひ》は
ものや思《おも》ふと　人《ひと》の問《と》ふまで

現代語訳

隠《かく》しても　顔《かお》に出ちゃった　僕の恋
「なにかあるの?」と　人が聞くもの

もう一つの「純情な恋歌」です。平兼盛は、名前は似ていますが、平清盛《たいらのきよもり》とは関係ありません。清盛は、桓武天皇の子孫で、平兼盛は光孝天皇の子孫です。皇族から臣下になった先祖が「平」の姓を名乗りました。その点では参議等とおなじですから、この二人のペアは「源平純情歌合戦」みたいなものでしょう。どちらも「忍ぶ恋」の歌です。

「色」は「様子」ですね。我慢して隠していたのに、どうも様子でばれてしまった。「ものや思ふ——なんか考えてんの？」と人が聞いてくる。これは、女性に贈った歌じゃありません。二人の人間がおなじ題で和歌を作って競う「歌合わせ」で詠まれた歌です。「恋という題で和歌を作れ」と言われて、平兼盛はこの歌を詠んだんです。だから、「ばれて困ってます。なんとかしてください」と、女性にすがっているんじゃありません。「こんな経験、誰でもあるだろう」と思って作られたんです。「男は恋すると純情」は、だから本当かもしれません。

四一

壬生忠見《みぶのただみ》

恋《こひ》すてふ　わが名《な》はまだき　立《た》ちにけり
人知《ひとし》れずこそ　思《おも》ひそめしか

現代語訳

あの人が　好きだとみんなに　ばれちゃった
誰《だれ》にも内緒《ないしょ》で　恋していたのに

壬生忠見は、「有明のつれなく見えし別れより　暁ばかり憂きものはなし」の作者、壬生忠岑の息子です。そしてこの歌は、「しのぶれど色に出でにけり」の平兼盛の歌と、歌合わせで勝負した作品です。

当時の男達は、みんな純情だったのかもしれません。平兼盛の和歌とこの和歌と、どっちが優秀かは、なかなか決まらなかったそうですが、結局は平兼盛に負けました。兼盛の和歌がいきなり「忍ぶれど」とくるのに、どうやらグッときたらしいです。

壬生忠見の歌は、「恋すてふ」（発音は〝恋すちょう〟）です。「恋してるらしいと、私の名前は人に囁《ささや》かれるようになってしまった」というところが、少し回りくどかったのかもしれません。でも、この歌は、平兼盛の歌より、控え目です。兼盛の歌だと、「どうかしたの?」と人がやって来て言いますが、壬生忠見は、人がこそこそ噂しているのを、黙って我慢して聞いているだけです。独りで頬をぽっと染める純情です。

四二

清原元輔《きよはらのもとすけ》

契《ちぎ》りきな　かたみに袖《そで》を　しぼりつつ
末《すえ》の松山《まつやま》　なみ越《こ》さじとは

現代語訳

誓《ちか》ったね　お互《たが》い袖《そで》を　濡《ぬ》らしてさ
末《すえ》の松山《まつやま》　沈《しず》ませないって

その昔実際に行われた歌合わせでペアになったのは、平兼盛と壬生忠見ペアの歌でしたが、それを藤原定家は、百人一首では違うペアにしてしまいました。壬生忠見の「黙って我慢の歌」とペアになるのは、この清原元輔の和歌です。そうして、「我慢の歌」のペアになりました。

清原元輔は清原深養父の孫で、清少納言のお父さんです。和歌の名手として有名だったので、他人の代作も頼まれていました。この歌は、女に振られた男に頼まれて作った、「恨みの歌」です。自分のことではなく他人のことで、女に贈る歌を人に頼むような男のための歌ですから、「そういう和歌ならこうお作りなさい」というような、技巧的な作品です。東北に「末の松山」という場所があって、そこは海岸近くなのに、高波が来ても濡れないようなところです。だから和歌では、「末の松山＝波が来ない＝心変わりしない」という風に使います。「そういう約束したのにさ」と我慢をしていますが、うそくさいです。

四三

権中納言敦忠《ごんちゅうなごんあつただ》

逢《あ》ひ見《み》ての　後《のち》の心《こころ》に　くらぶれば
昔《むかし》はものを　思《おも》はざりけり

現代語訳

実際《じっさい》に　やった後《あと》から　くらべれば
昔はなんにも　知らなかったなー

純情で我慢をしている男の恋も、ハラハラドキドキ、イライラの領域に入ります。権中納言敦忠は、「小倉山みねのもみぢ葉こころあらば」の作者貞信公の甥です。

平安時代の「逢う」は、ただの「逢う」じゃありません。女は、簾の向こうにいます。だから、「逢う」となったら、男はその中へ入って行かなければなりません。つまり、「ベッドルームへ侵入」とおなじことです。「逢って、見た」は、「肉体関係を結ぶ」ということなんです。そういうなる前ならともかく、一度関係を持ってしまったら、「じっと我慢」とか「ただ純情」ではおさまりません。「ああ、好きだ。また逢いたい」と、イライラジリジリしてしまいます。そして、そうなってやっとわかるのです――「昔もいろいろ考えてたと思うけど、今にして思えば、あんなのは〝悩み〟の内に入らなかったよな」と。

そんな風になるんだから、やっぱり、男は純情なのかもしれません。

四四

中納言朝忠《ちゅうなごんあさただ》

逢《あ》ふことの　たえてしなくは　なかなかに
人《ひと》をも身をも　恨《うら》みざらまし

現代語訳

セックスが　この世《よ》になければ　絶対《ぜったい》に
こんなにイライラ　しないだろうさ！

中納言同士のペアは、「逢うの歌」のペアでもあります。中納言朝忠は、あの「逢坂山のさねかづら」の三条右大臣の息子です。二五と二六の「山の歌」のペアは、ここではまた新世代対決を繰り返します。

「逢う」がどんなことかは、もうおわかりですね。それで、この歌をおとなしく解釈します。「あなたが好きだ。でも逢えない。それがつらくて、自分にもイライラするし、あなたにも八つ当たりしてしまう」です。でも、この歌は、もっと過激になります。「セックスというものがなかったら、他人にも当たらないし、自分にもイライラしない」です。

これは、「歌合わせ」で詠まれた「架空の恋歌」で、だからどうとでも解釈出来るのです。この歌の作者は、きっと有名なこの和歌も知っていました——在原業平作の「世の中にたえて桜のなかりせば　春の心はのどけからまし」です。「桜の花がなかったら、世間の人は静かだろう」というのですから、この歌だって——。

四五

謙《けん》徳《とく》公《こう》

あはれとも　言《い》ふべき人《ひと》は　思《おも》ほえで
身《み》のいたづらに　なりぬべきかな

現代語訳

「どうした？」と　聞《き》く人なんか　いてくれない
このままむなしく　死んじまうのさ

次は、「先が心配な恋」のペアです。謙徳公は、藤原道長の伯父さんの藤原伊尹《ふじわらのこれただ》です。「伊尹《これまさ》」とも読みます。摂政太政大臣《せっしょうだいじょうだいじん》になったえらい人です。「公」というのは、特別にえらい人に対して、死んだ後で贈られる称号です。そのつもりでいましょう。そういうえらい人でも、恋には悩むらしいです。

「可哀想に」と言ってくれる人もいない。そういう人を「思いつかない」のだそうです。「身のいたづらになる」とは、「私がむなしくなる」で、つまりは「死んでしまう」です。恋に悩んで、相談出来る人を探すんじゃなくて、「可哀想に」と同情してくれる人を探すのが、さすがにえらい人のわがままぶりですが、そういう人が思いつかないとなると、「このままで死んでしまうんだ!」と、ぽんと一挙に極端まで走ります。「先が心配な恋」ですが、でも、わがままなえらい人だと、そういう歌を贈って、女が同情してくれるのを待つんですね。はたして同情してくれるのかどうか。そういう意味でも「先が心配」です。

四六

曾《そ》禰《ねの》好《よし》忠《ただ》

由良《ゆら》の門《と》を　わたる舟人《ふなびと》　かぢを絶《た》え
ゆくへも知《し》らぬ　恋《こひ》のみちかな

現代語訳

由良《ゆら》の門《と》を　進《すす》む船頭《せんどう》　舵《かじ》がない
行方不明《ゆくえふめい》の　恋の道だよ

謙徳公に対して、こちらは肩書きなしで、ぐっと身分は低くなります。こちらも「先が心配な恋」ですが、曾禰好忠は、どうやらその心配さを、アナーキーにも楽しんでいます。

京都府の日本海側は、昔で言えば「丹後《たんご》の国」です。そこに「由良の門《ゆら》」と言われるところがありました。由良川の河口です。流れが早いのかどうかはわかりませんが、へたをすると岸にぶつかってしまいます――そんな水路を通るのに、舟を漕ぐ船頭は舵《かじ》をなくしてしまいました。さすがに「由良の門」で、舟はゆらゆらして、危なっかしくて仕方がありません。「俺の恋もそんなもんだ」と、曾禰好忠は言っています。男の純情は、一歩間違うと、ただアナーキーです。

曾禰好忠は、丹後の国へ行きました。長官の丹後守《たんごのかみ》ではありません。もっと下っ端の役人です。恋をしても、アナーキーになるかもしれません。あまり出世が見込めない立場だからです。曾禰好忠は、「奇人」としても有名だったらしいです。

四七

恵慶法師《えぎょうほうし》

八重《やへ》葎《むぐら》　しげれる宿《やど》の　さびしきに
人《ひと》こそ見《み》えね　秋《あき》は来《き》にけり

現代語訳

雑《ざっ》草《そう》が　茂《しげ》った家の　寂《さび》しささ
人には見えず　秋は来ちゃった

恵慶法師は、「身分の高い僧侶」ではありません。無頼《ぶらい》派の詩人みたいなところがあります。この歌の「宿」は、「陸奥《みちのく》のしのぶもぢずり誰ゆゑに」と詠んだ河原左大臣の豪華な別荘、河原院《かわらのいん》です。河原左大臣が死んで百年もたった時、その豪華な別荘はぼろぼろになっていました。『源氏物語』には、光源氏が恋人の夕顔を連れて出かけた空き別荘で物《もの》の怪《け》にたたられるシーンが出て来ますが、その化け物屋敷みたいな空き別荘のモデルが、その河原院だと言われています。

恵慶法師の友人はそこに住んでいて、人を集めて遊んでいたんだそうですが、この歌は、そういう時に詠まれた歌です。「荒れた邸《やしき》に秋が来た」という題を出されて、恵慶法師はこの歌を詠みました。

そう思うと、「人には見えないけど来てしまった秋」というのが、なんだか幽霊みたいです。どうも、和歌というのは「ほんとのことを知らないほうが雰囲気があっていい」というところもあるみたいです。

四八

源《みなもとの》重之《しげゆき》

風《かぜ》をいたみ　岩《いは》うつ波《なみ》の　おのれのみ
砕《くだ》けてものを　思《おも》ふころかな

現代語訳

風が吹く　岩打《いわう》つ波は　自分だけ
砕《くだ》けてあわれな　僕の心さ

「人こそ見えね秋は来にけり」は、そっとやって来る秋の擬人法による表現ですが、その歌とペアになる源重之の和歌は、その反対です。自分が「波」になって砕けています。

なんだか壮絶な悩み方ですが、これは「恋の歌」です。平安時代の男は、「恋の悩み」しか表現しないからです。

動じずにいて、寄せて来る波を砕いてしまう岩は、「女」です。つまり、「片思いの歌」です。実際にこういう恋の悩みを源重之が抱えていたかどうかはわかりません。「ままならぬ恋の心は極端に表現する」というのが平安時代の常識で、源重之は「有名な歌人」でしたから、「ままならぬ恋の心の歌を一つ」というノリで詠んだだけかもしれません。なんだかちょっともったいないです。この歌は、「人生や社会に悩む若者の歌」であってもいいんですから。

源重之は、恵慶法師の友人で、歌人以外のことではあまりパッとしないまま終わった人ですが、なんだかもったいない人生です。

四九

大《おお》中《なか》臣《とみの》能《よし》宣《のぶ》朝《あ》臣《そん》

みかきもり　衛士《ゑじ》のたく火《ひ》の　夜《よる》はもえ
昼《ひる》は消《き》えつつ　ものをこそ思《おも》へ

現代語訳

恋《こい》の火は　夜警《やけい》の明かり　闇《やみ》に燃《も》え
昼《ひる》はひっそり　ものを思うよ

今度は「せつない恋」のペアです。

「衛士《えじ》」というのは、全国から交代で集められる一般の国民で、「御垣守《みかきもり》」――つまり、天皇の住む皇居の周りの門を護衛する任務につきます。その労務担当が、諸国に割り当てられた「税金」でもあったわけです。そういう門番がいるんだと思うと、「みかきもり衛士のたく火の夜はもえ」は、「勇壮」というよりも、「夜の中でどことなくわびしく、そしてせつなく燃える火」のように感じられます。

「私の恋は、夜は強く燃えるのだけれども、昼になるとぷっつり消えて、ただじっと物思いをするだけです」という、かなりせつない恋です。平安時代の和歌のくせに、どことなく『万葉集』の匂いもします。

作者の大中臣能宣は、藤原氏の祖先である中臣鎌足《なかとみのかまたり》から分かれた一族の人で、「和歌を扱う役所」の役人でした。ただ、この歌とすごくよく似た歌が他の和歌集には「詠み人知らず」として載っているので、別の無名の人の作かもしれません。

五〇

藤原義孝《ふじわらのよしたか》

君《きみ》がため　惜《を》しからざりし　命《いのち》さへ
長《なが》くもがなと　思《おも》ひけるかな

現代語訳

君のせい　惜《お》しくもなかった　命さえ
長生きしたいと　思っちゃったよ

こちらも「せつない恋」ですが、しかし「せつなく苦しい恋」ではありません。「せつなく嬉しい恋」です。

「あなたのため、〝惜しくもない〟と思っていた命さえ、〝長生きしたい〟と思うようになりました」というこの歌は、実際に女性へ贈られました。しかも、逢って別れた朝、藤原義孝は家に帰ってすぐ、こういう歌を書いて贈ったのです。平安時代の恋は、夜になると男が女の住む家へ通って行って、朝になる前に帰ります。家に帰ったら、男は女に和歌を贈るのが礼儀で、その歌を「後朝《きぬぎぬ》の歌」と言います。もちろん「礼儀」なので、そんなこともせずに女を怒らせる男だっています。藤原義孝は、育ちがよくて素直な性格なんでしょう。素直に「嬉しい」と思って、この歌を贈りました。こういう歌なら贈られたほうも、素直に「嬉しい」と思うでしょう。そういう素直さがあんまりないからせつないのが、人の世というものです。藤原義孝は、「誰も同情してくれない」の謙徳公の息子です。

五一

藤《ふじ》原《わらの》実《さね》方《かた》朝《あ》臣《そん》

かくとだに　えやは伊《い》吹《ぶき》の　さしも草《ぐさ》
さしも知《し》らじな　燃《も》ゆる思《おも》ひを

現代語訳

こうとさえ　言えない伊《い》吹《ぶき》の　さしも草《ぐさ》
そうとも知らない　燃《も》える思いを

「素直でせつない恋の歌」の後は、「技巧的な恋の歌」です。藤原実方は、こういう歌を女性に贈りました。

「さしも草」は、お灸《きゅう》に使う「もぐさ」です。その産地として有名だったのが伊吹《いぶき》——伊吹山で、これは琵琶湖の東にある伊吹山ではなくて、関東にある山だそうです。それでなにかというと、もぐさは火をつけるものだから、「燃ゆる思ひ」で、伊吹山は「こうとさえ言えない」の「言ふ」、さしも草の「さしも」は「そうだとも」につながって、「燃ゆる思ひ」の「ひ」は「火」であるという掛詞《かけことば》です。「かくとだに　えやは伊吹の」は、「こうとさえ言えない、伊吹の」です。

「あなたは私の熱烈な気持ちを知らない」というプロポーズなんですが、ナンパの歌だと思ったほうがいいです。「こんなに激しく好き」と言いたいんじゃなくて、「こんなにセンスよく凝った歌を詠める僕って、素敵だと思わない?」という引っかけ方です。藤原実方は、どうもそういうタイプの男です。

五二

藤原《ふじわらの》道信《みちのぶ》朝臣《あそん》

明《あ》けぬれば　暮《く》るるものとは　知《し》りながら
なほうらめしき　朝《あさ》ぼらけかな

現代語訳

朝《あさ》になる　また夜《よる》が来る　わかるけど
それでもくやしい　朝の光さ

藤原実方は、素直でせつない藤原義孝のまた従兄弟ですが、ここに出て来る藤原道信も、義孝の一族で従兄弟です。百人一首も半分をすぎて、今や王朝文化のまっ盛り。葬麗なる名門の一族は、みんな親戚みたいなものです。

「さしも草」の実方はそうじゃありませんが、素直な義孝と、ここに登場する道信は、二十代の初めで死んでいます。素直なのは、その若さゆえかもしれません。これも、実際につきあっていた女性に贈られた「後朝の歌」で、「朝になって、しかたがないから君の部屋を出た。また夜が来て、すぐに逢えるのはわかるけど、それでもやっぱり、この朝の光はうらめしいな」です。こういう歌を贈る以上、道信は、「また、今晩も絶対逢いに来るからね」と言っているわけです。こういう歌を恋人から贈られて、喜ばない女性はいないでしょう。王朝文化の全盛期、実方は「粋なプレイボーイ」を気取って、道信は誠実に純情。「どっちがいい?」というペアです。

五三

右《う》大《だい》將《しょう》道《みち》綱《つなの》母《はは》

なげきつつ　ひとり寝《ぬ》る夜《よ》の　あくるまは
いかに久《ひさ》しき　ものとかはしる

現代語訳

泣《な》きながら　ひとり寝《ね》る夜《よ》は　朝までが
どんなに長いか　知ってるかしら

藤原道信の「夜明けの歌」は、『蜻蛉日記《かげろうにっき》』の作者の凄絶《せいぜつ》な「夜明けの歌」に続きます。

右大将道綱は、藤原道信の従兄弟です。その母親である彼女は、女房名を持っていません。平安時代の専業主婦です。そして、当時の結婚は、男が何人もの女のところへ通うのが当たり前のものでした。彼女の夫の藤原兼家《ふじわらのかねいえ》は、藤原氏の頂点に立つような人ですから、もちろんそうです。夜になるのが待ち遠しい藤原道信なら、贈った和歌の通りに、次の晩も来たでしょう。しかし、右大将道綱の母の夫はそうでもない。しかも、彼女は彼女で気が強い。「今晩は来るかしら」と思っていても、夫は他の女のところに行っている。それを知った彼女は、一人で泣き明かす。そのことが悔しいと思うから、別の日に夫がやって来ても、家に入れなかった。「入れてくれよ」と言う夫に対して贈ったのが、この和歌です。「今晩も来るよ」の後にこんな歌を続けちゃうのが、百人一首のすごいところです。

五四

儀《ぎ》同《どう》三《さん》司《しの》母《はは》

忘《わす》れじの　行《ゆく》すゑまでは　かたければ
今日《けふ》をかぎりの　命《いのち》ともがな

現代語訳

「忘《わす》れない　いついつまでも」は　うそだから
今日で終《お》わりの　命《いのち》にしたいの

右大将道綱母とペアになる母は、幸福な専業主婦です。本名は高階貴子《たかしなのたかこ》と言います。『枕草子』で有名な、中宮定子《さだこ》やその兄さんの藤原伊周《ふじわらのこれちか》の母親です。彼女の夫は、右大将道綱母を苦しめたであろう藤原兼家の正妻から生まれた息子、藤原道隆《ふじわらのみちたか》です。夫の道隆は摂政関白、娘は天皇の后で、長男の伊周が「儀同三司」で、彼は内大臣になりました。他の息子や娘も大出世ですから、こんなに幸福な専業主婦もないでしょう。その彼女が、夫の道隆と知り合ったばかりの頃の歌です。

彼は「永遠に君を忘れないよ」と言う。彼女はそれに対して、「ありがとう。でも、うそかもしれないから、私、幸福な今日の内に死にたいわ」と言ったのです。若い人なら、「素敵、そんなロマンスがあったんですね」と言うかもしれませんが、和泉式部《いずみしきぶ》系の女性なら、「よく言うよ」と怒るかもしれません。でも、夫の道隆は栄華の絶頂で死んで、その後の一家はガタガタですから、この歌もまんざらうそではありません。

五五

大《だい》納《な》言《ごん》公《きん》任《とう》

滝《たき》の音《おと》は　絶《た》えてひさしく　なりぬれど
名《な》こそ流《なが》れて　なほ聞《き》こえけれ

現代語訳

水《みず》音《おと》は　止《や》んでずいぶん　たつけれど
滝《たき》の名前は　まだ鳴《な》り響《ひび》く

大納言公任は、儀同三司母の夫である藤原道隆のまた従兄弟です。同じまた従兄弟で、公任よりもずっと出世した藤原道長とは同い年で、左大臣になった道長のお供をして、公任は京都の大覚寺《だいかくじ》に行きました。その庭には有名な滝があったんですが、もう涸《か》れてからずいぶんたっていました。そこで彼は、こう詠んだのです。「滝の音はもうずっと前に止まっている。でも、その名前だけは今でもまだ有名だ」と。「名こそ流れてなほ聞こえけれ」というところが、テンポよく畳《たた》みかけて、かつてそこにあった滝の水の勢いのいい流れを象徴する歌で、意味よりもまず、言葉のイメージが重要な作品です。

しかし、こんな歌が、「夫の関白が生きている間は栄華の絶頂だったが、死んだ後では一家がガタガタになってしまった」という儀同三司母の歌の後に続けられているのはなぜでしょう？そう思うと、この滝は、まるで「死んだ関白道隆一家の栄華のこと」みたいです。

五六

和泉式部《いずみしきぶ》

あらざらむ　この世《よ》のほかの　思《おも》ひ出《で》に
いまひとたびの　逢《あ》ふこともがな

現代語訳

不《ふ》確《たし》かな　あの世に行っての　思い出に
もう一度《いちど》だけ　逢《あ》ってみたいの

大納言公任の和歌とペアになるのは、不思議なことに、情熱の女性和泉式部です。和泉式部は、人妻であっても、やっぱり「恋多き女」でした。藤原公任の歌は、「名前は有名でも消えてしまった滝の歌」ですが、どうしてそれが、和泉式部の「恋の歌」とペアになるのでしょう？　こういう歌の並べ方をした藤原定家は、「消えた滝」を藤原道隆一家のことにして、「儀同三司母の幸福より、和泉式部の恋の情熱のほうが価値がある」と言いたいのかもしれません——推測ですが。

「あらざらむこの世のほか」は、「ないかもしれないこの世の外」で、つまりは「あの世」です。この当時の人は、基本的に来世を信じていたのですが、和泉式部はそれを疑っています。これは、彼女が重病にかかった時の歌で、こういう歌を恋人に贈ったのです。「来世なんかないかもしれない。それよりあなたのほうが大切だ。だから、もう一度だけ逢ってみたいの」というのが和泉式部です。男はきっと、こういう女のほうが好きです。

五七

紫《むらさき》式《しき》部《ぶ》

めぐり逢《あ》ひて　見《み》しやそれとも　わかぬまに
雲《くも》がくれにし　夜《よ》半《は》の月《つき》かな

現代語訳

めぐり逢《あ》い　逢《あ》ったと思えば　そのままに
雲《くも》に隠《かく》れた　夜《よ》半《わ》の月だわ

和泉式部の次に登場するのは、『源氏物語』の作者、紫式部です。百人一首の前半に、女性は四人しか登場しません。でも、後半になると女性スターがどんどん登場します。王朝文化が全盛期を迎えると、女性の出番も多くなるということです。

和泉式部は「恋多き女」ですが、紫式部は「恋少なき女」です。そんなに男が好きじゃなかったみたいです。この和歌の「月」は、ある人のことです。「めぐり逢ったと思ったら、そのままもう別れてしまった。まだ輝いているのに雲に隠されてしまった月みたいだわ」と、夜空を眺めて思っているのです。

この「月」にたとえられているのは、彼女の昔からの友達で、女です。紫式部は、転勤生活の多い公務員の娘がそのまま公務員の妻になってしまったというような女性で、小さい頃の友達も、そういう女性だったのです。それで、「もうお別れね、残念ね」という、この歌になります。『源氏物語』の作者は、意外に「カタギの主婦」なんです。

五八

大弐三位《だいにのさんみ》

有馬山《ありまやま》　ゐなの笹原《ささはら》　風吹《かぜふ》けば
いでそよ人《ひと》を　忘《わす》れやはする

現代語訳

有馬山《ありまやま》　猪名《いな》の笹原《ささはら》　風吹けば
さざっとあなたを　思い出すのよ

恋多くない紫式部とペアになるのは、彼女の娘です。紫式部の本名は明らかではありませんが、娘のほうははっきりしています。藤原賢子《かたこ》です。昔の人は、成人してから名前をつけますから、紫式部の娘は「頭のいい娘」だったのかもしれません。

紫式部の娘は、結婚して子供を生んでから、仕事に就《つ》きました。後冷泉《ごれいぜい》天皇の乳母です。そういう高貴な仕事に就いたので、「三位」という位をもらって、本名もはっきりしているのです。彼女の夫は九州の太宰府《だざいふ》の長官である「太宰大弐《だざいのだいに》」というポストに就いていました。それで「大弐三位」と呼ばれるのです。

この歌は、（おそらく結婚前の）彼女が、男から来た手紙の返事として詠んだものです。男は、彼女に飽きてやって来ない——そのくせ「それはあなたの心があてにならないからだ」と言いがかりをつける。それに対して、ささっと風が吹くように答えたんです。頭がよくて、品のあるいい女だと思いますね。

五九

赤《あか》染《ぞめ》衛《え》門《もん》

やすらはで　寝《ね》なましものを　小夜《さよ》ふけて
かたぶくまでの　月《つき》を見《み》しかな

現代語訳

落《お》ち着《つ》いて　眠《ねむ》れるはずが　もう夜中《よなか》
傾《かたむ》く月を　見てるかなしさ

『栄花物語《えいが》』の作者かとも言われる赤染衛門は、同じ時代の和泉式部とならぶ和歌の名手で、紫式部とおなじく、藤原道長の娘の中宮彰子《あきこ》に仕えていました。父親が赤染時用《あかぞめのときもち》という人で、衛門府《えもんぶ》という役所に勤めていたからでしょう「赤染衛門」という女房名を持ちました。しかし彼女には、「しのぶれど色に出でにけり」の平兼盛の娘だという説もあります。

この和歌は、姉さんか妹のために代作してあげたものです。彼女の姉さんか妹は、儀同三司母の夫――関白道隆と不倫をしてたんですね。浮気な道隆は、「行くよ」と言って、来なかった。そのことを抗議しているのです。

ずーっと待っているだけで、することがない。しかたなく空の月を見ていると、真上にあったはずの月がもう傾いている。満月になる前の頃でしょう。「やすらはで（落ち着かなくて）」と恨んでいるくせに、この歌には落ち着いた品がある。それは、自分のことではなくて、「他人の事件」だからでしょう。

六〇

小《こ》式《しき》部《ぶの》内《ない》侍《し》

大《おほ》江《え》山《やま》　いく野《の》のみちの　遠《とほ》ければ
まだふみもみず　天《あま》の橋《はし》立《だて》

現代語訳

大《おお》江《え》山《やま》　生《いく》野《の》は道《みち》が　遠いので
まだたよりない　天《あま》の橋《はし》立《だて》

赤染衛門とペアになるのは、和泉式部の娘の小式部内侍ですが、もしかしたらこの女性二人の歌は、「和歌の代作に関するペア」かもしれません。この歌には、こんなエピソードがあります――。

小式部内侍は若い頃から和歌の名手ではありましたが、お母さんがあまりにも有名なので、「教えてもらってるんだろう、代作してもらってんじゃないの」という声がありました。彼女が「歌合わせ」に出席する時、お母さんの和泉式部は、夫と一緒に赴任先の丹後へ行っていて留守でした。そこで、意地悪なジーさんがわざわざやって来て、「大丈夫？　お母さんには手紙出したの?」と、いやみを言ったんです。それで、小式部内侍はこの歌を詠みました。天の橋立は丹後にあって、大江山や生野は、その途中です。「行くのは遠いから、まだ行っていません」と言って、「まだ文《ふみ》（手紙）は見てません」と答えているのです。「うるさいわね、大丈夫よ」と言う歌です。

六一

伊《い》勢《せの》大《おお》輔《すけ》

いにしへの　奈《な》良《ら》の都《みやこ》の　八《や》重《へ》ざくら
けふ九重《ここのへ》に　にほひぬるかな

現代語訳

大昔《おおむかし》　奈《な》良《ら》は都《みやこ》で　八《や》重《え》桜《ざくら》
今《いま》は宮中《ここのえ》　ここに咲いてる

小式部内侍が「大江山」の和歌を詠んだのは、女子高校生くらいの年頃だそうですが、今度は、「才女のエスプリ対決」になります。伊勢大輔は「みかきもり衛士のたく火の」の大中臣能宣の孫娘です。紫式部や赤染衛門とおなじく、道長の娘の彰子のところで女房をしていました。その女房名がなぜ「伊勢大輔」になったかはよくわからないのですが、彼女の父親が伊勢神宮関係の仕事をしていて、名前が大中臣輔親《すけちか》だったから、「伊勢大輔」になったのではないかなどと考えられています。

この歌は、中宮彰子と宮中にいた時のもので、奈良から八重桜が一条《いちじょう》天皇のところへ贈られて来て、「じゃ、この八重桜で和歌を一首詠め」と言われて詠んだのだそうです。桜は「八重」ですが、贈られて来た宮中には「九重《ここのえ》」という別称があります。だから、「九重ににほひぬるかな」です。べつに、奈良から京都にやって来たとたん、桜の花びらが増えたというわけではありません。でも、ある種のギャグみたいな歌です。

六二

清少納言《せいしょうなごん》

夜《よ》をこめて　鶏《とり》の空音《そらね》は　はかるとも
よに逢坂《あふさか》の　関《せき》はゆるさじ

現代語訳

一晩中《ひとばんじゅう》　鶏《とり》のうそ鳴《な》き　仕掛《しか》けても
だめ　逢坂《おうさか》の関《せき》はだめなの

伊勢大輔と対決するのは、清少納言です。清少納言は、多くの優秀な女房を抱える中宮彰子とはライバル関係にある、中宮定子に仕えた女房です。中宮定子は、栄華の絶頂から没落する儀同三司母の娘で、清少納言は、その没落する皇后に仕えたのです。しかも、娘の彰子のために藤原道長が優秀な女房達を集めたのは、ライバル定子のそばに清少納言という有名な女がいたことも原因になっています。清少納言としては複雑でしょう。この和歌は、彼女が得意の絶頂にいた頃のものです。

大昔の中国に孟嘗君《もうしょうくん》という貴公子がいた。敵国に行って、そこから脱出するため夜の道を急いでいた彼は、函谷関《かんこくかん》という関所に来る。朝にならないと関所は開かない。困った彼は、連れていた物まねの名人に、鶏《にわとり》の鳴きまねをさせて、「朝だ」と敵をだまして脱出に成功する――そういう有名な話があって、「でもここは日本で、逢坂の関なの。開けないわ。逢うのはだめよ」と言って、男を振ってしまった歌です。

六三

左京大夫道雅《さきょうのだいぶみちまさ》

いまはただ　思《おも》ひたえなむ　とばかりを
人《ひと》づてならで　言《い》ふよしもがな

現代語訳

今はもう　あきらめましたと　それだけを
人づてでなく　言ってみたいよ

さすがに才女の清少納言は、説明するだけでもめんどくさい凝った教養のある歌を詠みますが、しかし、百人一首を作ったとされる藤原定家は、それよりも一枚上手《うわて》です。清少納言の和歌の後にこの和歌を続けているのを見ればわかるでしょう? 清少納言は、「逢うのはだめよ」と言っていて、その後に続くこの歌は、「はい、あきらめました。でも、そのことを、出来るなら直接、あなたに逢って言いたいんだけど」と言っているからです。

和歌というのは、そういうことをやって遊んでもいいのです。「百人の和歌を選ぶだけじゃつまらない。ただ並べるだけじゃつまらない」と思う藤原定家は、こんなことだってやってしまうのです。しかも、この歌の作者は、清少納言の関係者です。「左京大夫」は、都の東側である「左京」の長官ですが、それをしていた藤原道雅《ふじわらのみちまさ》は、清少納言が仕えていた中宮定子の兄さん――かの儀同三司である藤原伊周の息子なのです。

六四

権中納言定頼《ごんちゅうなごんさだより》

朝《あさ》ぼらけ　宇治《うぢ》の川霧《かはぎり》　たえだえに
あらはれわたる　瀬々《せぜ》の網代木《あじろぎ》

現代語訳

朝《あさ》が来《き》て　宇治《うじ》の川霧《かわぎり》　薄《うす》らいで
現《あらわ》れて来る　川の網代木《あじろぎ》

百人一首の並べ方には一種の連想ゲーム的なところがありますが、「あきらめるけど、でも――」という左京大夫道雅の和歌とペアになるのは、「朝になると宇治川の霧が晴れて、流れに仕掛けてある魚をとるための網代木《あじろぎ》が姿を現して来る。風情があるなァ」という、「景色の歌」です。この歌と、左京大夫道雅の歌とは、どうしてペアになって組み合わされるのでしょう？　かんたんで、しかもへんです。

権中納言定頼は、「宇治の川霧たえだえに」と詠んでいて、左京大夫道雅は、「いまはただ思ひたえなむ」と詠んでいます。つまり、この二つは「絶える」つながりなんです。「〝絶える〟の言葉一つとっても、これだけ幅広い使い方があるよ」ですね。百人一首は、そんな「和歌の入門レッスン」なんです。「うそだ」と思う人もいるかもしれないので、もう一つ。この作者は、大覚寺で「滝の歌」を詠んだ大納言公任の息子です。親子揃って、「唐突に登場する水の流れの歌の作者」なんです。

六五

相模《さがみ》

うらみわび　ほさぬ袖《そで》だに　あるものを
恋《こひ》にくちなむ　名《な》こそ惜《お》しけれ

現代語訳

恨《うら》み泣《な》き　乾《かわ》かぬ袖《そで》は　まだいいの
恋《こい》に負けてく　私がやなの

時々、「これってこじつけじゃないか？」と、我ながら思うこともありますが、「どうしてこんな和歌の並べ方をしてるんだろう？」と考えると、どうしても「へんな答」になってしまいます。権中納言定頼の「宇治川の歌」の後には、どうしてこの歌が続くんでしょう？「朝霧で着物が濡れる」という連想があるとしか考えられません。

「恨んで泣いて、袖は濡れっぱなしでだめになりそうだけど、それはまだいいの。私が悔しいのは、〝恋に負けて捨てられた〟と噂されて、私の評判がだめになってしまう、そのことなの」という歌です。「そういう激しい恋もあって、こういう誇り高い女もいるのかな」と思いそうですが、実はこの歌は、「歌合わせ」で詠まれた架空の恋歌です。だから表現がオーバーで、「霧→濡れる→涙の袖」という連想があってもいいのかなと思うのです。

作者は、相模守《さがみのかみ》だった人を夫に持つ女性なので、それで「相模」と呼ばれました。

六六

前大僧正行尊《さきのだいそうじょうぎょうそん》

もろともに　あはれと思《おも》へ　山《やま》ざくら
花《はな》よりほかに　知《し》る人《ひと》もなし

現代語訳

一緒《いっしょ》にさ　感動しようよ　山桜《やまざくら》
花のほかには　誰《だれ》もいないし

さて、『袖！ 涙色』とでも言いたい相模の歌とペアになるのは、この歌です。天台宗《てんだいしゅう》の座主《ざす》にまでなった人が、その以前、吉野の大峰《おおみね》山で修行していた時に詠んだ歌です。満開の山桜の咲くところで、きっとなにかに感動したんです。でも、どこにも人間はいない。だから、「一緒に感動してくれ」と、山桜の花に呼びかけているんです。

どうしてこの歌が、相模の歌とペアになるのかはわかりません。女性と坊さんの間で共通点もないし、さらには、どうしてこの人がここに登場するのかもわかりません。行尊は、この後に出て来る三条院《さんじょういん》（三条天皇）の曾孫にあたるからです。時代順からしてもメチャクチャな前大僧正行尊がここにいるのなら、きっと意味があるのです。相模の歌と並べてみましょう。行尊が、相模になにか言ってるようにも聞こえます。「泣いて大騒ぎするのもいいけど、山の中に来てみな。誰もいないんだぜ、大騒ぎはむなしくないか？」――そんなペアかもしれません。

六七

周防内侍《すおうのないし》

春《はる》の夜《よ》の　夢《ゆめ》ばかりなる　手枕《たまくら》に
かひなく立《た》たむ　名《な》こそ惜《お》しけれ

現代語訳

春《はる》の夜《よ》の　夢《ゆめ》みたいだわ　腕枕《うでまくら》
それで噂《うわさ》に　なったらごめんね

騒ぎが静まった山桜の後は、なまめかしい春の夜です。女達が簾の中で、集まって話をしています。簾の外には男達がいて、それが、平安貴族社会の男女交際です。話している内に、周防内侍は眠くなって、「枕がほしいな」とつぶやきました。すると、外にいた男の一人がこれを聞きつけて、簾の下から腕をそっと差し出したんです。男が簾を上げるのはルール違反ですが、上げないで「下からスッ」は、プレゼントをする時のルールでもあるので、OKです。周防内侍が腕枕をしたのかどうかはわかりませんが、彼女はこの和歌を詠みました。

「腕《うで》」はまた「腕《かいな》」とも読むので、「かひなく立たむ名」です。つまり、「むだな噂になる」です。「そうなったら悪いもん」と言うのだから、彼女は腕枕をしなかったのでしょう。

そういう昔の「男女交際」です。「内侍」というのは、女房とは違う宮中に勤務するOLです。彼女の夫は周防守《すおうのかみ》——山口県の地方長官だったので、「周防内侍」と呼ばれたのです。

六八

三《さん》条《じょう》院《いん》

心《こころ》にも　あらでうき世《よ》に　ながらへば
恋《こひ》しかるべき　夜半《よは》の月《つき》かな

現代語訳

生きたいと　思わずこのまま　生きてけば
いつかは思い出　夜半《よわ》のこの月

周防内侍のペアは、前大僧正行尊の曾祖父にあたる三条天皇です。この人はとても不幸な天皇でした。天皇以上に権力を持った藤原道長と対立したうえに、目まで悪くなりました。やがては道長によって退位をさせられてしまうのですが、その少し前に宮中でこの和歌を詠みました。冬の夜で、三条天皇の視力はだいぶ悪くなっていました。「恋しかるべき」の「べき」は、「いつかは恋しくなるだろう」の推量です。ひしひしと寂しい歌です。

たとえば、この歌の後に曾孫の行尊の歌を持って来ます。すると、「私の評判が腐る!」と嘆く相模の歌と、「あなたの評判が悪くなるわ」の周防内侍の歌が、「評判つながり」でペアになります。でもそうなると、寂しい三条天皇の歌の後に「もろともにあはれと思へ山ざくら」の歌が続きます。寂しさは、絶望的にアップします。だから、そうなってしまうことを避けて、藤原定家は、相模と周防内侍の歌の間に、わざわざ「山桜の歌」を置いたのかもしれません。

六九

能因法師《のういんほうし》

あらし吹《ふ》く　三室《みむろ》の山《やま》の　もみぢ葉《ば》は
竜田《たつた》の川《かは》の　錦《にしき》なりけり

現代語訳

嵐《あらし》だよ　三室《みむろ》の山の紅葉《もみじ》　ああ
見れば竜田《たつた》の　川は錦《にしき》だ

寂しく悲しい三条天皇の「冬の夜の月の歌」の後は、「嵐の歌」です。でもこの嵐は、恐ろしくありません。風がザーッと吹いて、山の紅葉が川に流れ込みます。在原業平は竜田川の紅葉を「からくれなゐ」と赤一色にしてしまっていますが、「錦」と言っている能因法師の「もみぢ葉」は、赤い紅葉と黄色い黄葉《もみじ》がまじったものかもしれません。「強い風で落葉が舞ってるところにいたら、目が痛くてたまらなくなるじゃないか」なんてことは言わないほうがいいでしょう。

能因法師は、出家する前は橘永愷《たちばなのながやす》という下っ端の役人でした。『徒然草《つれづれぐさ》』の兼好《けんこう》法師もそうですが、将来のない役人生活に見切りをつけて出家したおかげで、かえって有名になったという人は、いくらでもいます。能因法師もその一人です。また、先生について和歌を習った最初の人だとも言われます。それまで和歌というのは、わざわざ先生につくようなものでもなかったんですが、能因法師は、そういう真面目な人です。

七〇

良《りょう》暹《ぜん》法《ほう》師《し》

さびしさに　宿《やど》をたち出《い》でて　ながむれば
いづくもおなじ　秋《あき》の夕《ゆふ》ぐれ

現代語訳

さびしさに　家を出てみて　眺《なが》めれば
どこもおなじさ　秋の夕《ゆう》暮《ぐ》れ

能因法師とペアになるのは良暹法師——比叡《ひえい》山の坊さんだそうですが、詳しいことはわかりません。坊主のペアで、秋の歌のペアで、「派手な秋」と「寂しい秋」の対照です。良暹法師の歌と能因法師の歌の順序を入れ替えると、この歌は三条天皇の寂しい歌に続いて、すごく寂しくなります。でも、能因法師の派手な「もみぢの秋」の後に来ると、寂しさの中に澄んだ美しさが浮かび上がって来ます。そういう配置も大切です。

「宿」とありますが、これはべつに、旅に出た時の歌ではありません。平安時代では、「自分の家」も「宿」です。「宿」というのは、「夜を越すところ」という意味なのです。そういう時代に、「マイホーム」という感覚は持てません。定住の感覚がないからです。「家を出て見たら、どこもおなじ秋の夕暮れだった」という歌に寂しさがあるのは、定住の感覚がないからでしょう。ふつうの人がまだそんなことを感じない頃、坊さんの良暹法師は、その放浪感覚を感じていたんですね。

七一

大納言経信《だいなごんつねのぶ》

夕《ゆふ》されば　門田《かどた》の稲葉《いなば》　おとづれて
葦《あし》のまろやに　秋風《あきかぜ》ぞ吹《ふ》く

現代語訳

日暮《ひぐ》れれば　門田《かどた》の稲穂《いなほ》　さわさわと
葦《あし》の屋根《やね》にも　秋風が吹く

良暹法師に続くのも、やっぱり「秋の夕暮れの歌」ですが、良暹法師の夕暮れは「かなり深まった秋」であろうと思われるのに対して、こちらはまだ残暑がいくらかあるかと思われるような、秋の初めのほうでしょう。夕暮れになると、涼風が吹き出してほっとする――そんな秋です。

「夕されば」は「夕暮れになると」ですが、こういう表現を現代語がなくしてしまったのは残念です。「夕されば」だけで、静かな夕暮れの光や涼やかな夕暮れの風を感じてしまいます。「門田《かどた》」は「門の前の田んぼ」で、「丸屋《まろや》」は「粗末な作りの小屋」です。葦を刈ってそれで屋根を葺《ふ》いているような、当時の「貧乏作り」です。作者は宇多天皇の子孫で、大納言にまでなった源経信《みなもとのつねのぶ》ですから、良暹法師みたいな「自分の家の前の風景」であるはずがありません。これは、都を少しはずれた「自分の別荘」に行った時の風景で、「葦の丸屋」の他にも、立派な建物はあるのです。なるほど「豊かな田園風景」のはずです。

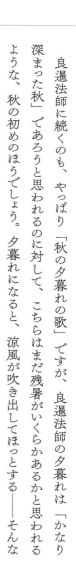

七二

祐子内親王家紀伊《ゆうしないしんのうけのきい》

音《おと》に聞《き》く　高師《たかし》の浜《はま》の　あだ波《なみ》は
かけじや袖《そで》の　ぬれもこそすれ

現代語訳

名に高い　高師《たかし》の浜《はま》の　暴《あば》れ波
いやだわ　寄《よ》ったら袖《そで》が濡《ぬ》れるわ

わからないと思うのは、大納言経信とペアになるこの歌です。静かな秋の夕風の和歌が、どうして「よしてよ、あんたみたいな浮気男の誘いに乗るもんですか」という歌とペアにならなきゃいけないのか？　さっぱりわかりません。

「高師《たかし》の浜」というのは、大阪の南の方の大阪湾沿いです。歌だけ見ると「高師の浜は波が荒いことで有名」とも思えますがそうじゃありません。男を「波」にたとえて、「あんたの浮気っぽさは有名よ」と言っているだけです。そこに近寄ったら袖が濡れる――つまり「泣きを見る」です。後朱雀《ごすざく》天皇の皇女である祐子内親王に仕える「紀伊」という名の女房は、そういう歌を詠んだんです。紀伊は、父親か夫が紀伊守《きいのかみ》だったのだろうということがわかるくらいで、どんな女性かはよくわかりません。ただ、「バーさん」に近い年頃だったらしいです。その彼女の歌がどうしてここにあるのか？　「ペアなんてことをあんまり深く考えるな」と言われてるみたいです。

七三

前権中納言匡房《さきのごんちゅうなごんまさふさ》

高砂《たかさご》の　尾上《をのへ》のさくら　咲《さ》きにけり
外山《とやま》の霞《かすみ》　たたずもあらなむ

現代語訳

遠山《とおやま》の　峰《みね》の桜《さくら》が　咲いたんだ
手前《てまえ》の山の　霞《かすみ》なびくな

百人一首も三分の二をすぎて、時代は王朝文化の全盛期から、院政の時代に入っています。「前権中納言（権中納言になってから辞任した）匡房」とは、当時一番のインテリだった大《おお》江匡房《えのまさふさ》です。「月みれば千々《ちぢ》にものこそ」の大江千里から続いている大江一族の一人です。

「高砂《たかさご》」というと、どうしても松で有名な兵庫県の浜辺を思い出しますが、ここではただの「高い山」です。「尾上《おのえ》」はその頂上、「外山《とやま》」は、その遠くにある高い山とは反対の「近くの山」です。「兵庫県にある〝尾上の桜〟というものが咲いたから、富山県の霞は立たないでくれ」という意味ではありません。うっかり耳だけで聞いているとそんな気がしてしまうのは、「高砂」「尾上」「外山」と特別な言葉の使い方ばかりしているからかもしれません。意味を知ると「ああ、そういうわかりやすい歌なのか」と思いますが、そこにわざわざ凝った言葉を使っているところが、やっぱり「当時一番のインテリ」なんでしょう。

七四

源《みなもとの》俊《とし》頼《より》朝《あ》臣《そん》

憂《う》かりける　人《ひと》を初瀬《はつせ》の　山《やま》おろし
はげしかれとは　祈《いの》らぬものを

現代語訳

冷《つめ》たいな　初瀬《はつせ》に祈《いの》って　山颪《やまおろし》
ひどくなれとは　頼《たの》んでないよ

「いちいちどんなペアかなんて考えるな」と言っておいてなんですが、大江匡房とこの源俊頼の歌は、「山にあるもの」のペアでしょう。あちらは「外山の霞」で、こちらは「初瀬の山おろし」です。源俊頼は、「夕されば」の秋風の歌の作者である大納言経信の息子です。親子揃って「風の歌」ですが、この歌は源俊頼の実体験ではありません。「祈ってもだめな恋」というテーマで詠んだだけの作品です。

つれない女（憂かりける人）がいるので、長谷寺《はせでら》の観音様に「どうか彼女を振り向かせてください」と祈ったんです。そうしたら、その寺のある初瀬の山から強烈な山颪《やまおろし》が吹きつけて来たんです。「べつに、そんなにひどくしてくれと祈ったわけじゃないのに」と、ぼやいているのです。実体験の歌ではないはずなのに、もしかしたらありそうな話です。そして、そういうかなり屈折した経過を、ただ「憂かりける人を初瀬の山おろし」だけで表現してしまっているのは、たいした腕です。

七五

藤原基俊《ふじわらのもとし》

契《ちぎ》りおきし　させもが露《つゆ》を　いのちにて
あはれことしの　秋《あき》も往《い》ぬめり

現代語訳

約束《やくそく》の「させも」の言葉《ことば》を　頼《たよ》っても
あーあ今年《ことし》の　秋も終《お》わりだ

源俊頼朝臣は、院政時代の代表的な歌人で、肩書きなしの藤原基俊も、源俊頼とならぶ存在でした。でもそんなことはどうでもよくて、藤原基俊は、誰かとなにかの約束をしたのです。女相手の恋の約束じゃありません。彼には出家した息子がいて、その息子のために、奈良の興福寺《こうふくじ》で行われる行事のポストをほしがったんです。興福寺は藤原氏の氏寺《うじでら》で、当時一番えらかった藤原忠通《ふじわらのただみち》は、その興福寺の所有者みたいな立場だったので、基俊は彼に頼んだんです。そうしたら忠通は、「しめじが原」と言ったんです。これは、清水寺《きよみずでら》の観音が言ったという歌の一部で、「なほ頼めしめじが原のさせも草　わが世の中にあらむ限りは」というんです。「どんどん頼め、なんでもＯＫ」という意味です。基俊はそれを信じて、「じゃ大丈夫だ」と思ったんです。それが、「〝させも〟の言葉を頼っても」です。「させも草」は「さしも草」と同じで、モグサのことですが、ヨモギのことです。ヨモギの葉の露が頼りで、でもだめでした。

七六

法性寺入道前関白太政大臣《ほっしょうじにゅうどうさきのかんぱくだいじょうだいじん》

わたの原《はら》　こぎ出《い》でてみれば　ひさかたの
雲《くも》ゐにまがふ　沖《おき》つ白波《しらなみ》

現代語訳

海原《うなばら》に　漕《こ》ぎ出《だ》して見れば　大空《おおぞら》の
雲とひとつだ　沖《おき》の白波《しらなみ》

「法性寺入道前関白太政大臣」が誰のことかわかったら、きっと笑います。藤原基俊とペアになっているこの人は、なんと、「なんでもＯＫ」と言って基俊を喜ばせて、「ヨモギの葉っぱの露をすすって生きるくらい頼りにしてます」と言わせた、藤原忠通だからです。藤原定家は、なんて意地悪なんでしょう。

関白と太政大臣と、それから摂政もやっていた藤原忠通は、そういうポストを辞めた後、法性寺《ほっしょうじ》という寺で出家しました。だから、こんな長ったらしい呼び名になるのです。「お願いでございますだ」と言っているような藤原基俊とペアで並べられる、知らん顔の藤原忠通の歌は、本当に、「そんなチンケなこと、ワシャ知らん」と言うような歌です。大金持ちがクルーザーに乗って大海原に乗り出して、「おお、いい景色だな」と言っているようなもんです。よりによって、こんな歌を哀れな藤原基俊の歌と並べるなんて、すごい皮肉です。もしかしたら、「世の中なんてそんなもん」ということかもしれません。

七七

崇徳院《すとくいん》

瀬《せ》をはやみ　岩《いは》にせかるる　滝川《たきがは》の
われても末《すゑ》に　あはむとぞ思《おも》ふ

現代語訳

流《なが》れ落《お》ち　岩に砕《くだ》ける　滝川《たきがわ》さ
別《わか》れはしても　最後《さいご》はまた会う

藤原忠通の「大海原の歌」は、崇徳天皇が開いた「歌合わせ」の席で詠まれた歌です。だから、忠通の次には、その崇徳天皇が出て来ます。退位して「崇徳院」と呼ばれるようになったこの人は、悲運の天皇で、悲運の上皇です。退位したのは、自分の父親である鳥羽《とば》上皇や、関白をやっていた藤原忠通に半分だまされてのことです。だから、退位して上皇になってから、こんな激しい歌を詠みました。「われても末に逢はむとぞ思ふ」というから恋の歌みたいですが、きっと違います。

「一度は退位したけど、またの機会だってある」と言っているように見えます。自分がもう一度即位するのか、あるいは、自分の息子を天皇にするのか。

でもその願いはかなわなくて、崇徳上皇は保元《ほうげん》の乱に巻き込まれます。それは、崇徳上皇の軍隊と関白忠通の軍隊の戦争でもあります。その戦いに敗れて、崇徳上皇は四国の香川県(讃岐《さぬき》)へ流されます。そして、そのまま死ぬのです。

七八

源《みなもとの》兼昌《かねまさ》

淡路島《あはぢしま》　かよふ千鳥《ちどり》の　なく声《こゑ》に
いく夜《よ》ねざめぬ　須磨《すま》の関守《せきもり》

現代語訳

淡路島《あわじしま》　行《ゆ》き交《か》う千鳥《ちどり》の　鳴《な》き声で
いく晩《ばん》目覚めた　須磨《すま》の関守《せきもり》

讃岐へ流された崇徳院の歌とペアになるのが、この歌です。作者の源兼昌は、藤原忠通のところにも出入りをしていた、当時の有名歌人です。

この歌には「本歌《ほんか》」があります。『源氏物語』で、須磨《すま》に流された光源氏が、「友千鳥《ともちどり》諸声《もろごゑ》に鳴く暁《あかつき》は　ひとり寝覚《ねざ》めの床《とこ》もたのもし」です。光源氏は寂しいのですが、それでも群れ飛ぶ千鳥が声を合わせて鳴いているのを聞くとふっと目が覚めて、「寂しくはないな」と思うのです。そういう歌をベースにしてこの歌は作られているのですが、しかし、それが崇徳院の歌とペアになるとどうでしょう？　須磨の対岸は淡路島——でもその向こうには、崇徳院の流された四国の讃岐があるのです。

この「須磨の関守《せきもり》（関所の番人）」は、なんでそんなにも眠りが浅くて、千鳥の声のなにが気になるのでしょう？　歌の内容を超えて、まるで讃岐に流された崇徳院のことを気づかっているように思えてしまうのは、和歌の配置のせいですね。

七九

左《さ》京《きょうの》大《だい》夫《ぶ》顕《あき》輔《すけ》

秋風《あきかぜ》に　たなびく雲《くも》の　絶《た》え間《ま》より
もれ出《い》づる月《つき》の　影《かげ》のさやけさ

現代語訳

秋風《あきかぜ》に　たなびく雲《くも》の　切《き》れ間《ま》から
もれてる月の　光はくっきり

藤原忠通は、約束を守らない権力者です。崇徳上皇は、保元の乱に敗れて四国へ流されました。そういう事実はありました。でも、みんな和歌とは関係のないことです。忘れてしまいましょう。そう言いたげな、この和歌です。「忘れよう」と思うことによって、かえって印象だけは鮮やかに残るという、そんな皮肉な人間の一面もありますが。

雲の切れ間から月の光がさっとさします。その光の美しさで、複雑な世の中のことは忘れることが出来ます。左京大夫顕輔は、藤原顕輔《ふじわらのあきすけ》です。彼の家は「六条家」とも言って、和歌の名門です。この家は、藤原定家の一族とはライバル関係にあります。藤原定家の一族が複雑で華麗な和歌を詠むのに対して、六条家の和歌はシンプルです。それは、この顕輔の和歌を見ればわかります。なにもむずかしいところはありません。最後の「さやけさ」という言葉に、すべての美しさが集中しています。「それもまたいい」と、藤原定家は言っているのです。

八〇

待賢門院堀河《たいけんもんいんのほりかわ》

長《なが》からむ　心《こころ》もしらず　黒髪《くろかみ》の
乱《みだ》れてけさは　ものをこそ思《おも》へ

現代語訳

長続《ながつづ》きさせると言うけど　今朝《けさ》の髪《かみ》
ほつれて私《わたし》は　ああ　もの思い

「またしても」と言いたくなります。同じことを何度もやられると「そうか！」と思います。藤原定家は、男が詠んだ静かな景色の歌と、女が詠んだ激しい恋の歌を一緒に並べるのが好きなのです。前には「宇治川の朝霧の歌」と、プライド高く袖を濡らす相模の歌を並べました。「夕暮れ時の秋風の歌」と、「高師の浜の浮気な波はいやだ」と言う祐子内親王家紀伊の歌も並べました。ここもおなじです。「美しい秋の月の歌」とペアになるのは、長い黒髪の女の恋の悩みです。

男は「長続きさせるよ」と言うけれど、女はどうも信じられない。男が出て行った朝、女の長い髪は恋の行為のおかげで乱れている。「長い――でも乱れてる。これが私の恋の未来なの？」と、女は直感で思ってしまうのです。白く透明な月の光と、肉感的な女の黒い髪との対比は、ちょっとすごいです。

この作者は、崇徳院の母親である待賢門院《たいけんもんいん》に仕えた女性です。待賢門院は絶世の美女でしたが、和歌は詠めなかった人です。

八一

後徳大寺左大臣《ごとくだいじのさだいじん》

ほととぎす　鳴《な》きつる方《かた》を　ながむれば
ただ有明《ありあけ》の　月《つき》ぞのこれる

現代語訳

ほととぎす　鳴《な》いてた方《ほう》を　眺《なが》めれば
ただ有明《ありあけ》の　月があるだけ

情熱的な女の恋の歌の後に、シーンとした男の心象風景の歌を続けるという癖も、藤原定家にはあります。ここもそうです。

夏の初めの頃、ほととぎすの声が聞こえます。夜中をすぎて、もう夜明けも間近です。声のしたほうに目を向けて、ほととぎすの影を探します。なにも見えません。声もしません。その代わり、明け方の空にぼんやりと輝く、細い有明の月があります。いつの間にか気配は消えて、沈黙だけが輝いているという、そんな寂しい心象風景でもあります。

百人一首の時代は、いつの間にか優雅な王朝の時代から、諸行無常《しょぎょうむじょう》の『平家物語』の時代に突入しています。後徳大寺左大臣――藤原実定《ふじわらのさねさだ》も『平家物語』の登場人物です。世の中は平家の全盛期で、名門藤原氏の男達は、黙って平家に従うだけです。後徳大寺左大臣も、もちろんその一人です。「今までとそう変わらないはずなんだがな」と思ってふと見ると、どこにも昔の面影はなくなっているのです。

八二

道因法師《どういんほうし》

思《おも》ひわび　さても命《いのち》は　あるものを
憂《う》きにたへぬは　涙《なみだ》なりけり

現代語訳

苦悩《くのう》して　それでも生きては　いるけれど
つらさで出るのは　涙《なみだ》なんだな

後徳大寺左大臣の心境は、もしかしたらペアになっている道因法師が代弁しているのかもしれません。

この歌は、本当は「恋の歌」です。和歌の中で「思ふ」が出て来たら、それはたいてい「恋人のことを思う」です。だから、この歌の「思ひわび」は、「つれない恋人のことを思って嘆き泣く」です。道因法師は藤原氏の傍流《ぼうりゅう》に生まれて、そんなに出世出来ないまま出家しました。坊主であって歌人で、歌人であることに一生懸命だったから、坊さんのくせに恋の歌を詠んだんでしょう。嘆いて泣いても恋はうまくいかない――それも立場上しかたのないことです。出来ないことを思って泣く――それで生きてはいるけれど、やはり涙はつらい。そういう歌ですが、「恋の歌」なんかにしないで、はっきり「生きるつらさの歌」にしてもいいと思うんですけどね。

本当に、王朝の貴族社会の人達は「恋」のことばっかり考えて、そう考えるしかないから、平家に全部乗っ取られるんです。

八三

皇太后宮大夫俊成《こうたいごうぐうのだいぶとしなり》

世《よ》の中《なか》よ　道《みち》こそなけれ　思《おも》ひ入《い》る
山《やま》の奥《おく》にも　鹿《しか》ぞ鳴《な》くなる

現代語訳

世の中に　道ってないんだ　考えて
踏《ふ》み入《い》る山でも　鹿《しか》は鳴いてる

「平安時代の男は恋のことにしか悩まなかったのかなァ?」と思っていると、その答が出て来ます。皇太后宮大夫俊成は、「皇太后のための役所の長官」であった藤原俊成《ふじわらのとしなり》――定家のお父さんです。「世の中には道ってないんだ」と悩んでいます。

もしかしたら、この歌は「恋の歌」です。どうしてかと言うと、鹿が鳴くのは「恋の相手を求めて」だからです。「なんとかならないのかな」と思って、人の来ない山の中に入ったら、やっぱり鹿さえも相手を求めている――ということになったら、この人の悩みだって、「恋の悩み」かもしれません。でも、そうじゃないかもしれません。「私の悩みは世間の男の悩みとは違う」と思って、人の来ない山の中に入った。そうしたら、やっぱり鹿も世間とおなじように恋で悩んでいる――それで、「あーあ、まともな生き方ってないのかな。みんな恋の悩みばっかりだよ」と嘆いているのかもしれません。これはきっと「恋じゃない悩み」のほうでしょう。

八四

藤原清輔朝臣《ふじわらのきよすけあそん》

ながらへば　またこのごろや　偲《しの》ばれむ
憂《う》しと見《み》し世《よ》ぞ　今《いま》は恋《こひ》しき

現代語訳

生きてけば　よく思えるのか　今のこと
いやだと思った　昔《むかし》も恋しい

藤原定家のお父さんとペアになるのは、ライバル六条家の歌人です。定家と俊成は仲のよかった親子ですが、藤原清輔朝臣は、待賢門院堀河とのペアで「月の影のさやけさ」と詠んだ藤原顕輔の息子で、こちらは仲が悪かったそうです。

「長生きをすれば、また今のこの時も懐しく思い出されるのかな。だって、〝あーいやだ〟と思って眺めていた頃の世の中が、今では恋しいもの」というこの歌は、三十歳になったくらいの頃か、あるいはもっと年を取って五十代の後半をすぎてからのものか、どちらかであると言われています。俊成の歌も清輔の歌も、なにを悩んでいるのかよくわかりませんが、六条家の清輔のほうが、「ああ、そういうもんだろうな」と、悩み方がリアルでわかりやすいのは、家風の差というものでしょう。若い頃に悩んで、世の中を憎んでいた。それも、今となっては懐しい。大人になってみれば、全然違う種類の悩みがある。「これでなんとかなるのかよ?」と思うのが人生です。

八五

俊《しゅん》恵《え》法《ほう》師《し》

夜《よ》もすがら　もの思《おも》ふころは　明《あ》けやらで
閨《ねや》のひまさへ　つれなかりけり

現代語訳

一《ひと》晩《ばん》中《じゅう》　悶《もだ》える夜は　暗いまま
ベッドの向こうに　無情があるわ

男達の寂しい歌が続くとその後に突然、女の情熱的な恋の歌が登場するというのが、百人一首です。今までがそうでした。「だからひょっとすると」と思うと、出て来ました。「一晩中もの思いに苦しんでいるこの頃の日々。そういう夜は苦しくて、いつまでも暗く長い夜が続く。明け方の光がさせば落ち着くと思うのに、寝室の戸の隙間の向こうは暗いまま。ああ寂しい」です。暗い中で目が慣れて、寝室の風景はぼんやり見える。「あの人、来てくれないのかな」と思ってドアの向こうを見ようとして、その先には闇しかないことに気づく――どう見ても、恋に悶々《もんもん》とする女の歌ですが、作者は坊さんです。

平家が滅亡に向かおうかというような時代は、女もそうのんきに恋の歌を詠んでいられないのかもしれません。女の立場で「恋の心理」を詠んだ坊さんが代役です。俊恵法師は、「初瀬の山颪の激しさ」を嘆いた源俊頼の息子ですが、ふつうの人は人生に悩んで、坊さんは悩まないというのも不思議です。

八六

西行法師《さいぎょうほうし》

嘆《なげ》けとて　月《つき》やはものを　思《おも》はする
かこち顔《がほ》なる　わが涙《なみだ》かな

現代語訳

「泣けとでも言うのか月《つき》は」と思っちゃう
文句《もんく》の多い　俺《おれ》の涙《なみだ》さ

「坊主は悩まないのか?」と思っていると、「いやそうではないぞ」と登場するのが、西行法師です。西行法師は都の武士で、思うところあって出家します。もしかしたら、失恋かもしれません。そして、「都の武士」というのは、実はとても可哀想な存在で、貴族のガードマンに終始します。貴族達からは「一段低い存在だ」と思われています。関東の武士なら、武士同士の戦いでストレスも発散出来ますが、都ではそんなこともなくて、ただじっと待機しているだけです。「人生がいやになった」と言いやすい存在です。

西行法師の歌が一部で人気があるのは、この人の歌がわかりやすくて、悩み方も、「ああ、こういう悩み方をしたい」と思うようなわかりやすさを持っているからです。「かこち顔なるわが涙かな」の一節を覚えたら、この文句だけで一生我慢出来ます。西行法師は、「女になって恋を詠む」なんてややこしいことを絶対にしません。日本の男ですね。

八七

寂《じゃく》蓮《れん》法《ほう》師《し》

むら雨《さめ》の　露《つゆ》もまだひぬ　真《ま》木《き》の葉《は》に
霧《きり》たちのぼる　秋《あき》の夕《ゆふ》ぐれ

現代語訳

村《むら》雨《さめ》の　露《つゆ》も乾《かわ》かぬ　真《ま》木《き》の葉《は》に
霧《きり》たち上《のぼ》る　秋の夕《ゆう》暮《ぐ》れ

男達は、坊さんも含めて悩みます。自分には悩みがないから「女になって悩む」というややこしい悩み方をするのもいますが、悩みというのは心が騒いで暴れるもので、じっとしているように見えてもうるさいものです。そういうものが続くと、本当に静かな景色を持って来て騒ぎを鎮静させてしまうのが、藤原定家です。

訳す必要なんかないくらい、そのままでもわかる美しい歌です。「真木《まき》」というのは、杉や檜《ひのき》のような針葉樹の総称ですから、そういう木だと思うと、雨の後に立ち上る秋の夕霧の中から、深い針葉樹の葉の匂いも立ち上ってくるでしょう。

寂蓮法師は藤原俊成の甥ですが、俊成の養子になりました。定家やその兄さんは俊成が年を取ってから生まれた男の子で、俊成には長い間男の子がいなかったので養子になったんですね。定家が生まれて養子の彼がどう思ったのかは知りませんが、出家をしました。実のお父さんは坊さんだったので、ひねくれての出家ではないでしょう。

八八

皇嘉門院別当《こうかもんいんのべっとう》

難波江《なにはえ》の　葦《あし》のかり寝《ね》の　ひとよゆゑ
身《み》をつくしてや　恋《こひ》わたるべき

現代語訳

難波江《なにわえ》の　葦《あし》の刈《か》り根《ね》の　一節《ひとよ》でも
この身《み》をつくして　恋して行くの？

寂蓮法師の静かな「秋の夕暮れの歌」とペアになるのは、女性の情熱的な恋の歌です。皇嘉門院は、「法性寺入道前関白太政大臣」である藤原忠通の娘で、讃岐に流された崇徳院の后。皇嘉門院別当は、彼女に仕えた女房です。

「難波江」は「難波潟《なにわがた》」とおなじで、ここが葦の群生地であることはご存じでしょう。そこには航路を示す「澪標《みおつくし》」もあり、葦の短い節は「節《よ》」とも呼ばれて「夜」と重なる。皇嘉門院別当の歌には、その葦を「刈る」というのも加わります。「刈り根」は「仮り寝」で、これは一夜限りの恋です。難波の海で「恋の歌」になったら、これはもう一生懸命（身をつくし）にならなければいけないのが和歌の必然ですが、皇嘉門院別当は「一夜限りの出会いに命を賭ける女」ではありません。これは、「旅の宿で逢った恋」というテーマで詠まれた和歌なのです。架空の恋歌なのに、「女の恋は一夜限り」というニュアンスが漂うのは、やっぱり時代のせいでしょうか。

八九

式《しょく》子《し》内《ない》親《しん》王《のう》

玉《たま》の緒《を》よ　絶《た》えなば絶《た》えね　ながらへば
忍《しの》ぶることの　弱《よわ》りもぞする

現代語訳

ネックレス　切れてもいいのよ　このままじゃ
心もそのうち　はじけて消《き》えそう

「式子」は「しきし」とも「しょくし」とも読みます。後白河《ごしらかわ》天皇の皇女です。「皇女」というと華やかに思えますが、そうでもありません。立場上「独身」が当たり前になってしまうからです。式子内親王も十代の初めに賀茂《かも》神社の神に仕える斎院《さいいん》になって、病気治療のためにそれをやめるまで、十年間そのままでです。藤原俊成に和歌を習って、平安時代の終わりから鎌倉時代にかけての代表的な女性歌人になりましたが、「どういう女性だったか」ということになるとぼんやりしています。この歌は、そんな式子内親王の雰囲気をよく伝えています。

「玉の緒」は「美しい玉をつなぐ糸」ですが、実は「命」のことでもあります。つまり、「死んでもいいのよ。このままじゃ我慢することだって出来なくなるから」です。式子内親王は恋とは無縁の女性ですから、恋はしません。これは「忍ぶ恋」というテーマで詠んだだけの和歌です。でも、「それをどう考えます?」と言われた途端、この激しさを示す人です。

九〇

殷《いん》冨《ぷ》門《もん》院《いんの》大《たい》輔《ふ》

見《み》せばやな　雄《を》島《じま》のあまの　袖《そで》だにも
ぬれにぞぬれし　色《いろ》はかはらず

現代語訳

見せたいわ　雄《お》島《じま》の海人《あま》の　袖《そで》ならね
どんなに濡《ぬ》れても　色《いろ》はそのまま

殷冨門院は式子内親王の姉さんです。こちらは十歳で伊勢の神に仕える斎宮になりました。その後、甥にあたる安徳《あんとく》天皇の「母に准《じゅん》ずる存在」として皇后になり、安徳天皇が壇の浦に沈んだ後は、やっぱり甥の後鳥羽《ごとば》天皇の形式上の「母」になりました。源平の争乱時代に翻弄《ほんろう》された女性で、殷冨門院大輔は、彼女に仕えた女房です。

「このままじゃ我慢出来なくなりそう」と言う式子内親王の歌は、じっと我慢をしています。その歌とペアになる殷冨門院大輔の歌は、「我慢なんかしたくない！」です。「雄島」は、宮城県の松島にある島の一つで、あるいは「男」を暗示しています。「雄島の漁師の着物の袖は濡れるだろう。濡れるだけで、色なんか変わらないだろう。でも、女の私が恋のつらさで泣く涙で濡れたこの袖は、色さえも変わっている。それを見せてあげたいわ」です。「見せたい」とは言っても、「でもそれは出来ない」なので、やっぱりこれも「忍ぶ恋」です。

九一

後《ご》京《きょう》極《ごく》摂《せっ》政《しょう》前《さきの》太《だい》政《じょう》大《だい》臣《じん》

きりぎりす　鳴《な》くや霜《しも》夜《よ》の　さむしろに
衣《ころも》かたしき　ひとりかも寝《ね》む

現代語訳

こおろぎも　鳴くか霜《しも》夜《よ》の　冷《ひ》え筵《むしろ》
着《き》物《もの》を敷《し》いて　ひとり寝《ね》るのさ

百人一首も終わりに近づいて、もう鎌倉時代です。平家は滅亡しましたが、鎌倉には幕府が出来て、京の都はその管理下に置かれるようになります。都の貴族達にとっては、寂しい時代のはじまりです。だから、摂政太政大臣にまでなった人も、とても寂しい歌を詠みます。一緒に寝る相手もなくて、ただ「こおろぎの声」だけが寝る相手です。

「片敷《かたし》き」は「片一方だけ敷く」で、男と女が一緒に寝る場合は、両方の着物の袖を重ねて敷いて、その上に寝るのです。でもそうではなく、恋人の形見の着物を抱いて寝るのでもなく、ただ独り、虫の声を聞いて寝るだけです。昔の「きりぎりす」は今の「こおろぎ」ですが、「きりぎりす」という名だと、その鳴き声さえも、なんだか切れ切れです。後京極摂政前太政大臣の名前は藤原良経《ふじわらのよしつね》。藤原忠通の孫で、鎌倉時代の初めを代表する政治家九条《くじょう》兼実《かねざね》の息子です。名門中の名門の若様でしたが、でもこの人には「暗殺された」という説もあります。

九二

二条院讃岐《にじょういんのさぬき》

わが袖《そで》は　潮干《しほひ》に見えぬ　沖《おき》の石《いし》の
人《ひと》こそ知《し》らね　かわく間《ま》もなし

現代語訳

この袖《そで》は　引き潮《しお》無《む》縁《えん》の　沖《おき》の石
誰《だれ》も知らない　乾《かわ》きもしない

寂しい藤原良経とペアになるのは、百人一首最後の女性です。二条《にじょう》天皇に仕えた「讃岐」と呼ばれる女房は、都の武者で『平家物語』にも登場する、有名な源《みなもとのよりまさ》頼政の娘です。頼政は平家打倒を目指し、敗れて自殺しますが、その時に、辞世の和歌を詠んだ最初の武者です。二条天皇はそうなる前の時代の天皇で、後白河天皇の息子です。お父さんとは仲が悪くて、ケンカして早死にをして、平家の時代を結果として作ってしまう天皇です。もちろん、その女房の讃岐の歌は、そんな歴史状況とは関係ありません。

「恋に泣く私の袖は濡れっぱなしで、しかも、そんなことを誰も知らない。まるで、干潮になっても姿を現さない、海面下の沖の石みたいだ」という歌で、この歌が評判になって、彼女は、「沖の石の讃岐」と呼ばれるようになりました。もちろん、彼女がいつも泣いてばかりいたからではないでしょう。「いつも泣いていることの表現が巧みだ」とほめられたんですが、「いつも泣いている」が必要な時代だったのかもしれません。

九三

鎌倉右大臣《かまくらのうだいじん》

世《よ》の中《なか》は　つねにもがもな　渚《なぎさ》こぐ
あまの小舟《をぶね》の　綱手《つなで》かなしも

現代語訳

世の中が　このままならなあ　しっかりと
渚《なぎさ》に小舟《こぶね》が　引かれて行くよ

「沖の石の讃岐」に続くのは、鎌倉右大臣——鎌倉幕府の三代目将軍源実朝《みなもとのさねとも》の「海の歌」です。実朝は、二十八歳で暗殺されました。女性が消えた百人一首は、もしかしたらここから先は、「あとがき」の部分になるのかもしれません。

「世の中は常にもがもな」は、「世の中は変わらずにあってほしい」です。「常」が「無常」の反対語であると考えると、実朝の願望もわかるでしょう。諸行無常の『平家物語』の後の時代なんです。「無常ということはあるな」と、実朝は思います。そして、海岸を行く舟を見ます。漕いで行くだけの舟なら不安定ですが、その舟には丈夫な縄がついていて、浜辺ではその縄を引っ張っています。だから、舟は安定して進むのです。その綱を実朝は「愛《かな》しい」と思います。悲しいのではなくて、愛《いと》しいのです。なんだか無邪気です。実朝が悲しいのは、実はその無邪気なところです。実朝は和歌に憧れて、藤原定家の弟子になりました。定家の愛《まな》弟子《でし》みたいなものです。

九四

参議雅経《さんぎまさつね》

みよしのの　山《やま》の秋《あき》かぜ　小夜《さよ》ふけて
ふるさと寒《さむ》く　衣《ころも》うつなり

現代語訳

みよしのの　山の秋風　小夜《さよ》ふけて
古都《こと》は寒《さむ》さに　衣《ころも》打つ音《おと》

「世の中は変わらずにあってほしい」と言う源実朝の歌とペアになるのは、都の貴族藤原雅経《ふじわらのまさつね》です。

「都」はどうなっているのか？　この歌の「ふるさと」は「生まれ故郷」ではなくて、「古い都の跡」です。奈良県の吉野には、古く「都」がありました。そこに天皇が別荘を作ったからです。天皇がいれば、そこは「都」です。だから、天皇の別荘——つまり離宮のあった吉野は「古い都」なのです。

古い都は秋風の中、寒い冬に向かっています。「都」なのになにもなく、夜に聞こえるのは、衣を打って柔らかくするための砧《きぬた》を叩く音だけです。しんとしたこの「古都」の様子が、藤原定家にとっては、「現在の都のイメージ」でもあったのでしょう。「ふるさと寒く」は印象的です。

鎌倉時代になると、増えすぎた藤原氏も大変になって、それぞれの家の特徴を出していかなければなりません。この藤原雅経も、蹴鞠《けまり》で有名な「飛鳥井家《あすかいけ》」という名門の祖になりました。

九五

前大僧正慈円《さきのだいそうじょうじえん》

おほけなく　うき世《よ》の民《たみ》に　おほふかな
わがたつ杣《そま》に　すみぞめの袖《そで》

現代語訳

だいそれて　世の人のため　頑張《がんば》るよ
いま叡山《えいざん》で　修行《しゅぎょう》始めだ！

『愚管抄《ぐかんしょう》』の作者として有名な慈円は、藤原忠通の息子で、つまりは後京極摂政前太政大臣である藤原良経の叔父さんです。慈円や良経は藤原定家の一家と親しくて、つまりは「和歌が好きだった」ということです。しかも名手として知られます。ここに登場する慈円の歌は、なんとも前向きで建設的ですが、慈円はもっと優雅で、なまめかしくさえある和歌を詠む人でもあります。

「おほけなく」は「だいそれて」です。「だいそれたことだが、つらい憂き世の人の上に墨染《すみぞ》めの袖を広げるよ」です。「わがたつ杣《そま》」とは、延暦寺《えんりゃくじ》のある比叡山のことで、「私は比叡山で、仏教修行の墨染めの衣の袖を広げます」です。つまり「世の人を救うために、これから比叡山で修行をするぞ!」と決意する歌です。百人一首の中でも例外的な、「とても真面目で前向きな歌」です。「慈円なら他にいくらでもいい歌があるのに、なんでこんな歌を選んだんだ?」と言う人もいます。きっと定家は、選びたかったんでしょう。

九六

入道前太政大臣《にゅうどうさきのだいじょうだいじん》

花《はな》さそふ　あらしの庭《には》の　雪《ゆき》ならで
ふり行《ゆ》くものは　わが身《み》なりけり

現代語訳

満開《まんかい》の　嵐《あらし》の庭《にわ》は　雪のよう
そこに降《ふ》るのは　自分自身だ

前大僧正慈円の「真面目で前向きな歌」とペアになるのは、この歌です。満開の桜の咲く庭に、激しい風が吹き出しました。つられて、桜の花びらが雪のように降りしきっていきます。それを見て、この作者は思うのです――「これは雪じゃない。自分自身だ」と。

栄華の末に、壮絶華麗に散っていく自分――それは豪華ではあるかもしれないけれど、でも「むなしい終わり」でもあるのです。そのように、この作者は言っているのです。

太政大臣にまでなった後で出家したこの人の名前は藤原公経《ふじわらのきんつね》です。藤原氏では、忠通の一族に次ぐポジションですが、この人の奥さんは源頼朝《みなもとのよりとも》の親戚です。それで鎌倉幕府とつながって、権勢を得たのです。この人の姉さんが藤原定家の奥さんで、三代将軍実朝の和歌の先生だった定家も、都の貴族達からは、「鎌倉派」だと思われていました。本来なら親しいはずの人達から「敵」と思われるのはつらいでしょう。この歌の作者もおなじでしょうね。

九七

権《ごん》中《ちゅう》納《な》言《ごん》定《てい》家《か》

来《こ》ぬ人《ひと》を　まつほの浦《うら》の　夕《ゆふ》なぎに
焼《や》くや藻《も》塩《しほ》の　身《み》もこがれつつ

現代語訳

来《こ》ぬ人を　松《まつ》帆《ほ》の浦《うら》は　夕《ゆう》凪《なぎ》ね
藻《も》塩《しお》を焼《や》くわ　私もジリジリ

前大僧正慈円と入道前太政大臣のペアは、「前向きの決意をする若さの歌」と「人生を振り返る老人の歌」のペアです。そんな対照があって、いよいよ登場するのが「百人一首の撰者」とされる藤原定家です。

もちろん彼は、当代切っての和歌の名手です。その人が一体どんな自分の作品を選ぶのかというと、この歌です。「女になって詠んだ恋の歌」です。「寂しい男の歌の後には、激しい女の恋の歌」というような原則のある百人一首で、「いい女の歌もないから、しょうがない自分でやるか」と思ったのかもしれません。でも、この歌はへんです。浜辺で塩を作るために海藻を煮つめている――そのイメージで、恋人を待つ女のジリジリする心理を詠んでいるのですが、ここまで続く和歌の流れからすると、「ほんとに恋の歌か?」という気もします。なんだか、「むなしい気分になった藤原定家が、ひたすらジリジリしている様子」が伝わって来るようにも思えるからです。

九八

従二位家隆《じゅにいいえたか》

風《かぜ》そよぐ　ならの小川《をがは》の　夕《ゆふ》ぐれは
みそぎぞ夏《なつ》の　しるしなりける

現代語訳

風そよぐ　御手洗川《みたらしがわ》の　夕暮れだ
禊《みそぎ》は夏の　しるしだったなあ

藤原定家の「身を焦がす女の歌」とペアになるのは、「夏の終わりの歌」です。従二位家隆は藤原家隆《ふじわらのいえたか》で、この人は藤原定家が「ライバル」と思い、あるいは「自分より上」と思った、同時代の和歌の名手です。

「ならの小川」は、上賀茂《かみがも》神社を流れる御手洗《みたらし》川のことです。風が吹いて、大きな葉を茂らせた楢《なら》の木をそよがせています。ふと見ると、上賀茂神社の川では、「夏の終わりの行事」である「禊《みそぎ》」をやっています。夏の終わりに川で身を清めて、暑さに疲れてまだ残暑の中で過ごすことへの無事を祈るのです。「夏越《なごし》の祓《はらえ》」とも言います。でも、それを見る家隆は、「あれ?」と思います。夕暮れの風が涼しくて、夏が終わったばかりの残暑の中にいることを、うっかり忘れていたからです。

「自分はなにかにとらわれてジリジリしている。でも、ライバルの家隆は、そんなことから超然として、涼しげにしている」——そんなことを定家が言いたがっているようなペアです。

九九

後《ご》鳥《と》羽《ば》院《いん》

人《ひと》もをし　人《ひと》もうらめし　あぢきなく
世《よ》を思《おも》ふゆゑに　もの思《おも》ふ身《み》は

現代語訳

人は好き　人は嫌《きら》いさ　世の中を
いやだと思えば　またもの思う

百人一首最後のペアになりました。

後鳥羽天皇は安徳天皇の腹違いの弟で、平家の一族と共に安徳天皇が壇の浦に沈んだすぐ後、四歳で天皇にさせられました。そして、鎌倉幕府が勢力を得たことを憎んで、四十二歳の年に事件を起こします。承久《じょうきゅう》の乱です。鎌倉幕府打倒のクーデターを計画した後鳥羽上皇は捕えられ、隠岐《おき》の島へと流されます。

藤原定家は、この上皇に和歌の才能を評価されました。後鳥羽上皇は和歌の名手でもあり、鎌倉時代を代表する和歌集『新古今集』のプロデューサーです。しかし、後鳥羽上皇は捕えられ、「鎌倉方」の定家は権中納言になるほどの出世をしました。当然、後鳥羽上皇は定家を憎みます。定家もそれを知っています。定家は「しょうがないじゃん」と言える人ではありません。定家の胸に宿った「ジリジリするわだかまり」の正体は、後鳥羽上皇の憎悪の対象になった「自分」なのです。後鳥羽上皇の心理をわかればこそ、藤原定家はこの歌を選んだんでしょう。

一〇〇

順徳院《じゅんとくいん》

ももしきや　古《ふる》き軒端《のきば》の　しのぶにも
なほあまりある　昔《むかし》なりけり

現代語訳

宮中《きゅうちゅう》の　古い軒端《のきば》に　忍草《しのぶぐさ》
遠い昔《むかし》は　なおなお遠い

百人一首の最後は、後鳥羽上皇の息子の順徳天皇です。お父さんの計画に巻き込まれて佐渡に流されますが、この歌にそんな事情は感じられません。百人一首の最後で、「終わってしまった王朝の世界」を、静かに偲《しの》んでいます。「古き軒端《のきば》のしのぶ」は、檜皮葺《ひわだぶ》きの屋根の軒に顔を出した忍草《しのぶぐさ》と、「偲ぶ」をかけています。

天智天皇からはじまる百人一首は、王朝の時代の百人の和歌の名手の作品を並べるものですが、それはそのまま「王朝文化の歴史」でもあり、また同時に「人生そのもの」を感じさせるものでもあります。暑いはずの夏の終わりにふと「涼しさ」を感じてしまう人。人がひしめく世の中に複雑な思いを感じる人。すべてが遠くなってしまいそうな人生の終わりに、自分の人生を振り返ってみる。思い出すにはあまりにもいろいろなことがありすぎて、すぎたはずの昔が、自分の胸の中にありありとよみがえって来てしまう——そんな歌で、百人一首は終わります。

本書は、2009年に海竜社より刊行の単行本
『新装版 桃尻語訳 百人一首』を底本としました。

装画　日比野尚子
装丁　岡本歌織（next door design）

橋本 治（はしもと・おさむ）
1948年、東京生まれ。東京大学文学部国文科卒業。イラストレーターを経て、77年、小説『桃尻娘』を発表。以後、小説・評論・戯曲・エッセイ、古典の現代語訳など、多彩な執筆活動を行う。96年、『宗教なんかこわくない！』で新潮学芸賞、2002年、『「三島由紀夫」とはなにものだったのか』で小林秀雄賞、05年、『蝶のゆくえ』で柴田錬三郎賞、08年、『双調 平家物語』で毎日出版文化賞、18年、『草薙の剣』で野間文芸賞を受賞。19年、逝去。

百人一首《ひゃくにんいっしゅ》がよくわかる
二〇一六年四月二〇日 第一刷発行
二〇二五年三月 五 日 第一六刷発行
著者――橋本《はしもと》 治《おさむ》

発行者――篠木和久
発行所――株式会社講談社
東京都文京区音羽二―一二―二一
郵便番号 一一二―八〇〇一
電話 出版 〇三―五三九五―三五〇四
販売 〇三―五三九五―五八一七
業務 〇三―五三九五―三六一五
KODANSHA
印刷所――共同印刷株式会社
製本所――大口製本印刷株式会社
本文データ制作――講談社デジタル製作
定価はカバーに表示してあります。

ISBN978-4-06-220010-3